Darja Behnsch

Verführe mich!

Erotische Geschichten

Bibliografische Information der Deutschen Nationalbibliothek

Die Deutsche Nationalbibliothek verzeichnet diese Publikation in der Deutschen Nationalbibliografie; detaillierte bibliografische Daten sind im Internet über http://dnb.d-nb.de abrufbar.

3. Auflage: Juli 2009

2. Auflage: Mai 2009

Herstellung & Verlag: Books on Demand GmbH, Norderstedt

Satz & Layout: Design by Mondstein

Innenfotos: © Frank Behnsch; Lisa, funnytimeofyear/www.photocase.de;

Gabi Moisa/www.fotolia.com

Umschlagfoto, Innenfoto: © Gabi Moisa/www.fotolia.com

Made in Germany

ISBN 13: 978-3-8370-3813-2

Lektorin: Nadi Schauer

Die Schreibweise entspricht den Regeln der neuen Rechtschreibung.

Franky, meine große Liebe, Dir widme ich auch dieses Buch. Du bist die treibende Kraft in meinem Leben. Ohne Dich kann ich nicht atmen. Du bist die Luft, die ich dazu brauche.

Je t'aime, mon amour...

Darja

15. Juli 2009

Merci à vous, mes chers amis. Je suis très heureuse que vous fussiez chez moi tout le temps. Je vous aime très beaucoup.

Merci beaucoup aussi à...

Nadi Schauer, meine liebe Schwester, Augsburg, ich kann mir keinen besseren Lektor vorstellen, auch wenn Du nicht besonders zimperlich mit mir umgegangen bist, wenn Du mir Deine Meinung unverblümt gesagt hast. Nichtsdestotrotz, ich bin Dir sehr dankbar dafür, weil Du mich dadurch zum Nachdenken bewegt hast, was meinen Büchern ohne Zweifel sehr genützt hat. Merci für alles.

Bitte helfen Sie uns Tierquälerei zu stoppen!

PETA Deutschland e.V. ist zusammen mit seinen Schwesterorganisationen mit über 2 Millionen Unterstützern die weltweit größte Tierrechtsorganisation.

Ziel der Organisation ist es, durch Aufdecken von Tierquälerei, Aufklärung der Öffentlichkeit und Veränderung der Lebensweise jedem Tier zu einem besseren Leben zu verhelfen. PETA (People for the Ethical Treatment of Animals) wurde 1980 in den USA gegründet und handelt nach dem einfachen Prinzip, dass wir Menschen nicht das Recht haben, Tiere in irgendeiner Form auszubeuten, zu misshandeln oder zu verwerten.

Die Arbeit von PETA Deutschland e.V. konzentriert sich auf die vier Bereiche, in denen zahlenmäßig die meisten Tiere missbraucht werden und zwar in der Lebensmittel-, Bekleidungs- und Unterhaltungsindustrie sowie in Versuchslaboren. PETA kämpft gegen Tierquälerei, wo immer diese auftritt. Fundierte Recherchen und rechtliche Verfahren finden dabei ebenso Anwendung wie internationale Aufklärungskampagnen oder Verbraucherboykotts.

PETA Deutschland e.V. arbeitet mit medienrelevanten Mitteln und spektakulären Aktionen, um die Öffentlichkeit über Tiermissbrauch zu informieren und Druck auf Verantwortliche aus Wirtschaft und Politik auszuüben.

Mit unseren Internetseiten www.petakids.de und www.peta2.de sowie unserem Unterrichtsprogramm „Eine Welt für alle" versuchen wir schon Kinder und Jugendliche für die Belange der Tiere zu sensibilisieren.

PETA Deutschland ist ein eingetragener Verein, der als gemeinnützig und besonders förderungswürdig anerkannt ist und sich aus Einzelspenden, Zuwendungen von Stiftungen und Firmenspenden finanziert. Etwa 85 Prozent des jährlichen Budgets werden direkt für Programme zur Beendigung von Tierquälerei und Rettung von Tierleben verwendet.

Schon ab einer jährlichen Unterstützung von 30 Euro erhalten Sie automatisch regelmäßige und aktuelle Informationen zu unseren Aktivitäten und Aufrufe zu weltweiten Aktionen. Außerdem bekommen Sie unsere vierteljährlich erscheinende Zeitschrift Animal Times – voll mit bewegenden Geschichten, leckeren vegetarischen Rezepten und vielen Tipps, wie wir alle Tieren helfen können.

Diese Geschichten beruhen auf keinen wahren Begebenheiten.
Alle darin vorkommenden Personen und alle Namen der Romanfiguren sowie der Name der Pariser Tageszeitung *La Vitesse-Lumière* und der niederländischen Tageszeitung *De Snelheid-Licht* und der spanischen Tageszeitung *La Velocidad-Luz* sind frei erfunden...

Darja Behnsch

Inhalt

1

Du riechst so gut!

50 km von Paris entfernt. Maskenball auf dem Schloss der Wölfe. Im Jahr 2001

„Dan... *neeeeeeeein...* hör' auf damit... deine Freundin ist unten... wenn sie uns erwischt..."

„Keine Angst, meine kleine, geile Göttin, die erwischt uns schon nicht... Henry kümmert sich um sie, lenkt sie ab, na komm' schon, lass mich an deiner geilen Fotze spielen, na komm', ich leck' sie dir... du schmeckst so gut... na komm' schon... zier' dich doch nicht so... kannst es doch sonst auch kaum erwarten, dass ich dir deinen Verstand rausvögeln tu'. Bist doch 'ne geile Schlampe, meine geile Schlampe... na komm' schon, ich will dich endlich ficken! Mach' die Beine breit..."

Rachel lachte und ließ sich rücklings aufs Kissen fallen. Sie war besessen davon, wenn Dan förmlich zu sabbern anfing, nur weil er endlich an ihre rasierte Möse herankommen wollte. Der hohe Raum, in dem sie sich befanden, wirkte mit seinen antiken Möbeln und dem großen Himmelbett richtiggehend pompös. Er machte seinem Namen alle Ehre. Ehemals war es des Sonnenkönigs Suit gewesen, wenn er zur Jagdsaison hier zu Besuch gewesen war. Und in diesem prächtigen Zimmer, das zu jener Zeit des Königs Schlafgemach war, hatte er sich dann mit seinen Maîtressen vergnügt. Die *Lusthöhle der frivolen Freuden* hatte er es genannt.

„Du bist die geilste Braut, die mir jemals übern Weg gelaufen ist.", stieß Dan leise aus. Seine Stimme bebte vor Erregung. Er griff ihr unter den Rock und zog ihr den schweren Stoff ihres Ballkleides über die Schenkel. Darunter trug sie nichts weiter als hauchdünne Strapse. „Da ist aber jemand ganz schön unanständig... hat einfach keinen Slip an... machen das anständige Frauen? Ohne Slip einfach das Haus verlassen?... du unanständiges Luder, du! Dir werde ich's jetzt so richtig gut besorgen... du wirst dir noch die Seele aus dem Leib schreien!... das willst du doch, oder? Soll dich dein Dan jetzt so richtig gut durchficken? Dich bestrafen, weil du kein Höschen drunter angezogen hast?", hauchte er ihr ins Ohr und fasste ihr mit der Hand unanständig zwischen die Beine. Kräftig rieb er an ihrer Möse und schob ihr dabei immer wieder einen seiner langen Finger in ihre enge Öffnung. „Deine Fotze ist so unglaublich eng, so unglaublich nass, so unglaublich geil... soll ich dich lecken?... mit meiner langen Zunge? Lecken, bis du kommst, meine geile Liebesgöttin?... o ja, reib' an meinem Schwanz... das machst du *guuuuut*, wirklich gut, Rachel!" Dan war überaus erregt, als ihm Rachel in die Hose fasste und fest an seinem steifen Glied rieb. Die Vorhaut zog sie ihm kräftig bis zum Schwanzende zurück, seine Eichel zwickte sie liebevoll mit ihren Fingernägeln. Sie wusste, dass es ihm gefiel, wenn sie seinen Schwanz mit ihren langen Fingernägeln ein bisschen quälte. Schmerzen machten ihn noch geiler, erregten ihn noch mehr, versetzten ihn in einen Rausch der Sinne, machten ihn im Bett wild und unberechenbar.

„Leck' meine Fotze! Und leck' sie gut!", befahl Rachel ihrem Geliebten. Sie spielte gern mit ihm und dominierte im Bett. Sie nahm auch gerne die Zügel in die Hand. Dan gefiel das. Befehle erregten ihn sehr. Sich von Rachel züchtigen zu lassen, war für ihn an manchen Abenden das Größte. Grenzenlose Lust beflügelte beider Fantasien, wenn sie sich richtig herrschsüchtig austobte. Wenn sie ihn mit der Peitsche schlug und ihm dabei gleichzeitig mit der Hand einen herunterholte, dann erlebte er durch diese sexuelle Behandlung oft einen Multiorgasmus. Das mache ihn sogar affengeil, da gehe ihm richtig einer ab, wie er einmal zu Henry gesagt hatte, der natürlich von dieser Liaison wusste. Rachel wand sich wie eine Schlange im Bett. Als sie Dans feuchte Zunge auf ihren Schamlippen spürte, wurde sie ganz wild. Er leckte ihr zärtlich über die Klitoris, was sie sehr erregte. Sie war so nass, so nass, wie schon lange nicht mehr. Natürlich war sie sich nicht sicher gewesen, ob sie das Wochenende mit Dan und seiner Verlobten hier verbringen sollte. Sie war Dans Geliebte und das schon seit ein paar Monaten. Seine Verlobte hatte sie mehr oder weniger akzeptieren müssen, schließlich hatte sie doch heimlich gehofft, sie eines Tages geschickt ausstechen zu können. Als ihr Dan den Vorschlag gemacht hatte, ihn auf den Maskenball als seine Maîtresse zu begleiten, hatte sie zuerst gezickt, doch er hatte sie, wie schon so oft, dazu überredet, sein verruchtes Spiel einfach mitzuspielen. Dan war unheimlich sexhungrig und nichts machte ihn mehr an als der Gedanke, seine Verlobte und seine Geliebte würden ihn gleichzeitig im Bett beglücken. Er wusste zwar, dass wohl beide anfangs etwas herumzicken würden, aber er wollte sie langsam einander nahe bringen. Er war überzeugt davon, dass er in langsamen Schritten sein Ziel erreichen würde. Und das Wochenende schien ihm dazu bestens geeignet. Nachts hatte er sich schon des Öfteren vorgestellt, dass er mit seinem großen, harten Schwanz in Bella eindrang, während sie seiner geilen Rachel die Möse leckte, den Finger ins Arschloch stieß, um sie zu ficken. Morgens war er dann grundsätzlich mit einem Steifen aufgewacht. Und irgendwie hatte er es im Gespür, dass es möglicherweise dieses Wochenende schon so weit sein könnte, dass sich sein Traum doch noch erfüllen würde.

Im Sinnenrausch gefangen hörten beide nicht, dass sich die Tür langsam öffnete und jemand eintrat.

Rachel wurde immer feuriger, rief ihm zu, er solle sie endlich ficken, ihr seinen großen, harten Schwanz in die Fotze schieben, ihr Arschloch beglücken, sie wollte mehr, mehr als nur seine Zunge auf ihrer Möse spüren.

Dan zog sich hastig die Hosen herunter und holte sein erregtes Glied heraus. Mit der Hand rieb er daran, dann befeuchtete er die Spitze seines Schwanzes sowie Rachels Arschloch mit Spucke, setzte seine bereits zuckende Spitze an, um in Rachels göttlichen Anus einzudringen, doch ein einziger Schrei ließ ihn erstarren.

Er sah zur Tür und erblickte Bella.

♣♣♣

Bella saß auf einem schwarzen Ross und ritt querfeldein auf den nahegelegenen Wald zu.

Der Wind spielte mit ihrem schwarzen, langen Haar. Ihr blutrotes Ballkleid flatterte im Wind. Sie fühlte sich zutiefst verletzt und gedemütigt. Gedemütigt von Dan. Den Maskenball auf dem Schloss der Wölfe hatte sie vorzeitig verlassen, als sie ihren Verlobten mit einer blonden Schönheit im Bett erwischt hatte. Sie war auf der Suche nach ihm gewesen. Auf einmal war er verschwunden. Und er war lange weg, zu lange für ihr Empfinden. Da sie ihn weder im Ballsaal unter den maskierten Partygästen noch in den unteren Räumen fand, eilte sie die Treppen hinauf in die oberen Räume des Schlosses. Was Bella nicht wusste: es war eine Orgie in der kommenden und in der darauffolgenden Nacht geplant. Ein Geschäftspartner von Dan hatte das Schloss allein aus diesem Grund für ein ganzes Wochenende lang gemietet. Es sollte nicht nur der größte Maskenball werden, den ein Normalsterblicher jemals veranstaltet hatte, nein, er sollte in der Nacht in einer gigantischen Orgie enden. Die meisten seiner Gäste waren sexhungrige Menschen und die, die es noch nicht waren, wären sicherlich sofort bereit dazu, sich in diesen Sog der grenzenlosen Lüste zu stürzen, wenn sie beobachten dürften, wie Männer und Frauen beginnen würden, untereinander zu ficken. Das Sexgelage wäre grandios, davon war Henry felsenfest überzeugt.

Die oberen Räume dienten als Schlafgemach für seine Gäste, wenn sie sich von der Orgie ein wenig ausruhen wollten, oder aber als Rückzugsmöglichkeit für diejenigen, die gerne untereinander waren, wenn sie wie Tiere übereinander herfielen. Henry veranstaltete oft solche außergewöhnlichen Partys, bei denen man sich zudem verkleiden musste oder kostümieren wie im letzten Jahrhundert. Das war Pflicht, da er nicht nur dem Sex, sondern auch den verruchten Sitten der adeligen Gesellschaft des 18. Jahrhunderts verfallen war.

Bella gehörte zu denjenigen, die nicht wussten, was in der Nacht auf sie zukommen sollte. Dan hatte ihr für diese eine bestimmte Nacht das Ballkleid ausgesucht, da er natürlich bestens darüber informiert war, dass die Orgie um Mitternacht schon ihren Höhepunkt erreichen sollte. Und genau hierin sah er die einmalige Gelegenheit, seine Geliebte seiner geliebten Bella nahezubringen. Bellas Ballkleid war gerade aus diesem Grund blutrot. Dies war für Dan die Farbe der Lust. Verrucht sollte sie aussehen, wenn sie Rachels Möse lecken würde. Bella erinnerte es jedoch an rote Rosen. Es duftete auch danach. Sie liebte rote Rosen. Darin sah sie auch Dans Motiv für seine Wahl, sich genau für dieses Kleid entschieden zu haben. Zahlreich übereinandergelagerte Stoffschichten aus feinster Seide, bestickt mit edler Spitze, umgaben den Reif. Der Durchmesser des Kleides war ungewöhnlich groß. Verziert war ihr Ballkleid mit zarter Spitze und das Dekolleté ließ einen großen Einblick auf ihre prallen, weißen Brüste zu, die einen harten Kontrast zu dem roten Kleid bildeten. Das Rot passte perfekt zu ihrem schwarzen Haar und ihren feurigen, roten Lippen. Isabella machte ihrem Namen alle Ehre. Nicht umsonst wurde sie von ihren Freunden schlichtweg Bella genannt. Ihre Schönheit war unübertroffen und ihre Weiblichkeit strahlte enorm viel Sex-Appeal aus.

Sie war auf der Suche nach ihm gewesen, als sie in den Gängen des Schlosses umherirrte. Oben in der ersten Etage dieses Prachtgebäudes angekommen war sie dann dem lauten Stimmengeflüster nachgegangen, das vermutlich aus einem der Schlafräume des Schlosses kam. Sie erkannte Dans Stimme und sie hörte eine Frau lachen. Schnell hatte sie die Tür geöffnet. Und dann hatte sie Dan entdeckt. Bei diesem Anblick war ihr fast das Herz stehen geblieben. Er hatte einer Frau, deren Gesicht so schön wie das eines Engels war, die rasierte Scheide geleckt. Der Tüll ihres Kleides war über ihrem zarten Körper aufgeworfen und legte ihre nackten, langen Beine und ihre entblößte Scham frei. Sie trug nichts weiter außer roséfarbigen Strapsen unter diesem zauberhaften Ballkleid aus Tüll. Schockiert über ihre Entdeckung war sie wie angewurzelt dagestanden und hatte Dan dabei beobachtet, wie er genüsslich an den Schamlippen dieses Engels saugte, mit der Zungenspitze an ihrem Kitzler spielte, seine Zunge tief in die Öffnung ihrer Möse stieß und sie zum Stöhnen brachte. Erst als er sich die Hosen herunterzog und sein steifes Glied zum Vorschein kam, war sie aus ihrem schockähnlichen Zustand wieder erwacht. Dan war gerade dabei gewesen, seinen Penis in die Vagina dieser von Tüll umgebenen und von zahlreichen Stoffschichten bedeckten Frau zu stoßen, um ihr dieselbe Lust zukommen zu lassen und dieselbe Wonne zu bereiten, die er ihr immer bereitete, wenn er sie mit seinem erregten Glied von allen Seiten beglückte. *„Dan! Du mieses Schwein!"*, hatte sie ihn vor Wut angeschrien. Jetzt erst hatte er sie bemerkt. Erschrocken darüber, von ihr erwischt worden zu sein, hatte er sofort von der Frau abgelassen und sich Bella zugewandt. *„Das ist nicht so, wie es aussieht..."*, hatte er versucht, sich zu rechtfertigen. *„Was soll das heißen, es sieht nicht so aus? Hältst du mich für dumm? Du fickst eine andere Frau, so sieht es aus. Und du fickst sie, während du mit mir hier auf dieser verdammten Party bist... lässt mich unten alleine hocken, sagst nur, warte kurz auf mich, ich komme gleich zurück... und dann kommst du einfach nicht zurück... was soll das, Dan?... du bist doch ein perverses Schwein!"*, hatte sie ihn wütend angebrüllt und war aus dem Zimmer hinausgestürmt.

Sie eilte die Treppen hinab und lief zur Tür hinaus.

Sie lief durch den Hof und blieb erst stehen, als sie vollkommen außer Atem am Hofstall angekommen war.

Nur ein junger Stallbursche von nicht mehr als 16 Jahren befand sich im Stall und striegelte die Pferde.

Und nun hatte Bella den schwarzen Hengst entdeckt.

Sie hatte den Stallburschen gebeten, das Pferd zu satteln.

Sie brauchte frische Waldluft.

Immer wenn sie etwas bedrückte oder sie unglücklich war, war sie mit *Black Storm* in den Wald geritten. Doch seit er letztes Jahr gestorben war, hatte sie kein Pferd mehr bestiegen.

♣♣♣

Bella ritt durch den Wald und sah zum Himmel empor.

Tränen rollten ihr die Wangen herunter. Sie konnte nicht fassen, was ihr Dan angetan hatte. Noch vor einer Woche hatte er um ihre Hand angehalten. Sie war so glücklich gewesen und nun schien alles vorbei zu sein. Wie könnte sie ihm jemals verzeihen, dass er sie am heutigen Tag betrogen hatte.

Gedankenverloren ritt sie quer durch den Wald und vergaß darüber hinaus völlig die Zeit. Es begann langsam zu dämmern. Als sie zurückreiten wollte, merkte sie plötzlich, dass sie im Kreis geritten war, weil sie schon wieder an derselben, alten Eiche vorbeikam, die sie bereits vor einer halben Stunde schon passiert hatte. Sie stieg vom Pferd und zog ihr Handy aus dem Stoffbeutel, der sich an ihrem Handgelenk befand, heraus, um Jeanne anzurufen. „Verdammt... kein Netz...", murmelte sie vor sich hin und steckte das Handy wieder ein.

Sie sah sich um, drehte sich ängstlich um die eigene Achse und versuchte, eine Orientierung zu finden. Aber sie hatte keinen Plan, wo sie sich befand. Plötzlich hörte sie im Gebüsch ein Geräusch. Es hörte sich an, als würde sich ein großes Tier durchs Gebüsch schleichen. Sie hörte Wolfsgeheul. Ein Schauer lief ihr den Rücken herunter.

Bella erschrak. Das Pferd wurde plötzlich unruhig. Sie versuchte, es zu beruhigen, doch ehe sie sich umsah, war es im Wald verschwunden. „Mist!", stieß sie verärgert aus. Nun bekam Bella höllische Angst. Die Situation fing an auszuarten, fing an, ihr Angst zu machen. Darüber hinaus vergaß sie völlig ihren Kummer wegen Dans Untreue. *‚... verlier' jetzt bloß nicht die Nerven, Bella...‘,* redete sie sich gut zu.

Plötzlich hörte sie Schritte im Gebüsch. „Bleiben Sie stehen! Ich habe eine Waffe! Ich werde schießen.", rief sie dem Busch zu. Doch nichts rührte sich mehr. Sie dachte, sie habe sich getäuscht. Hastig drehte sie sich um und lief den Hügel hinauf. Sie hoffte, von dort aus die Landschaft besser überblicken zu können, um zu sehen, wo sie sich befand. V'ielleicht war das Schloss ja nicht mehr weit. Sie blieb an einer Wurzel hängen und stürzte zu Boden. *‚... das kann doch jetzt alles nicht wahr sein...‘,* dachte sie und erhob sich wieder. Sie beugte sich herunter und wischte sich die Laubblätter von ihrem Kleid. Dabei bemerkte sie nicht, dass sich ihr jemand in rasendem Tempo genähert hatte.

Sie richtete sich wieder auf und stieß einen lauten Schrei aus. Ein hochgewachsener Mann stand plötzlich vor ihr und lächelte sie an. Er war mindestens zwei Köpfe größer als sie. Sein dunkles Haar war leicht gewellt und die vorderen Strähnen fielen ihm in die Stirn. Seine strahlend blauen Augen leuchteten in der Dämmerung wie Aquamarine. Ein ähnliches Kostüm wie das von Dan bekleidete seinen muskulösen Körper. Er war sehr attraktiv. *‚... o Mann, sieht der gut aus. Den hab' ich auf der Party gar nicht gesehen...‘,* schoss ihr durch den Kopf. „Jetzt hast du mich aber ganz schön erschreckt. Ich habe dich gar nicht kommen hören.", sagte sie und lächelte ihn an.

Doch er stand nur da und roch an ihr. „Du riechst so gut!", stieß er fast lautlos aus. „Deshalb habe ich dich auch gefunden."

„Gefunden?" Sie verstand nicht.

Er nickte.

Bella fühlte sich magisch von ihm angezogen, deshalb dachte sie nicht länger weiter darüber nach, wieso und warum er plötzlich aufgetaucht und woher er eigentlich gekommen war. Dass er aus dem Nichts kam, hatte sie nicht wahrgenommen. Betört von seiner enormen Männlichkeit warf sie ihren Kopf in den Nacken zurück und ließ zu, dass er an ihrem Hals roch. Sein leichter, sanfter Atem auf ihrer Haut erregte sie sehr. Sie schlug die Augenlider nieder. Wie in Trance ließ sie zu, dass er an ihr roch wie an einer roten Rose. Er kam ihr plötzlich so vertraut vor. Mit seiner Hand streifte er ganz leicht ihre Wange. Er berührte sie kaum. Doch das erregte sie noch mehr.

„Hast du dich verlaufen?", fragte er sie plötzlich.

Sie schlug die Augen wieder auf. „Ja. Mein Pferd ist auf und davon. Und jetzt finde ich nicht mehr zurück."

„Du warst auch auf der Party, nicht wahr?"

Sie nickte. „Du auch?"

„Ja."

„Ich habe dich gar nicht gesehen. Bist du alleine dort?" Unbewusst wollte Bella auskundschaften, ob er in Begleitung war.

„Nein. Mein Bruder ist noch dort."

„Was machst du dann hier?" Sie lächelte ihn an. „Bist mir wohl gefolgt?" *‚... ups, wieso habe ich denn das jetzt gesagt?...'*, schalt sie sich in Gedanken.

„So ähnlich... „

„So ähnlich? Wie meinst du das?"

„Ich habe etwas Zauberhaftes gerochen und wie ich sehe, hat es sich gelohnt, diesem zauberhaften Duft nachzugehen." Er grinste.

Bella errötete. „Ist es denn weit zurück."

Er schüttelte den Kopf. „Nein. Nur den Hügel dort hoch. Dahinter steht das Schloss. Es sind nur ein paar Hundert Meter." Er nahm Bella bei der Hand und ging mit ihr den Hügel hinauf. Sie ließ sich führen. Von weitem sah sie schon das Schloss. *‚... komisch... ich dachte, es sah anders aus...'*, kam ihr in den Sinn, als sie das gigantische Gebäude erblickte. „Komisch... sieht plötzlich ganz anders aus.", bemerkte sie leise.

„Nachts sieht es immer anders aus... es ist schön, nicht wahr?" Er sah auf sie herab.

Sie nickte. Sie kannte ihn zwar nicht, wusste noch nicht einmal, wie er hieß, aber er strahlte soviel Vertrautheit, Lust und Leidenschaft aus, dass sie keine Angst vor ihm hatte. Es gefiel ihr, mit einem solchen Mann Hand in Hand zum Schloss zu laufen. *‚... hoffentlich sieht uns Dan...'*, dachte sie. Sie verspürte plötzlich den enormen Drang, es ihm eins zu eins heimzuzahlen. Und der Fremde sah zum Anbeißen lecker aus. Verruchte Gedanken schwirrten ihr plötzlich im Kopf umher und sie merkte, dass ihr Höschen vor Geilheit nass wurde. *‚... dich würde ich jetzt gerne vernaschen... und ich würde mir wünschen, Dan würde uns dabei beobachten...'* „Wie heißt du eigentlich?", fragte sie ihn, als sie über die Parkanlage zum Schloss gingen.

„David. Und du?"

„Bella.", antwortete sie.

„Bella?"

„Eigentlich ja *Isabella*, aber alle sagen nur *Bella* zu mir."

„Wundert mich nicht, wenn ich dich so ansehe." Er sah sie an. Er hatte einen wirklich durchdringenden Blick.

„Danke.", sagte sie leise. Das indirekte Kompliment schmeichelte ihr. Sie fühlte sich auf einmal angenehm umgarnt von diesem geheimnisvollen Mann. Wie er mit ihr sprach, wie er sich bewegte, wie er roch, alles an ihm gefiel ihr.

Als sie den Park überquert hatten, zog er sie vom Haupteingang weg. „Komm', lass uns hinten rum ins Schloss gehen."

Sie folgte ihm.

Als sie das Gebäude betraten, schlich er sich mit ihr am Ballsaal vorbei und stieg unbemerkt die Treppen hoch. Er lief den Gang entlang bis zur Wendeltreppe, stieg mit ihr hinauf und kam erst zum Stehen, als er vor einer hohen Messingtür ankam. Plötzlich sagte er: „Wenn du mit mir da rein gehst, gibt es kein Zurück mehr."

„Was erwartet mich denn dort drinnen?" Sie warf ihm einen verruchten Blick zu. Sie wünschte sich heimlich, er würde dort drinnen über sie herfallen und sie mit seiner Männlichkeit beglücken.

„Pure Lust... aber wie gesagt, wenn du einmal eingetreten bist, kannst du nicht mehr zurück, bis wir fertig mit dir sind..."

„Wir?", fiel sie ihm ins Wort. „Wer ist denn noch da drinnen?"

„Edward."

„Edward?" Sie sah ihn fragend an.

„Mein Bruder. Ich habe dir doch von ihm erzählt.", erwiderte er leise. Er bückte sich zu ihr herunter. „Eines solltest du noch wissen: Du darfst erst wieder gehen, wenn wir fertig mit dir sind. Willst du das?"

Sie nickte. Allein die Worte, die er ihr ins Ohr gehaucht hatte, erregten sie schon so sehr, dass sie ihrer grenzenlosen Fantasie freien Lauf ließen. Noch niemals zuvor hatte sie es mit zwei Männern gleichzeitig getan, geträumt hatte sie jedoch schon oft davon und es sich auch vorgestellt, wenn Dan mit seiner großen, nassen Zunge über ihre Klitoris geleckt hatte. Gern hätte sie ihm von ihren geheimen Wünschen erzählt, doch sie hatte nie den Mut dazu gehabt. Sie hatte Angst, ihn zu verlieren. Schließlich schickte es sich ja nicht in ihren Kreisen, von flotten Dreiern zu träumen. Da war man anständig. Und sie wäre in manchen Nächten wirklich liebend gern unanständig gewesen. „Ja, ich will es. Egal, was du vorhast, du oder dein Bruder, ich bin bereit dazu."

„Bist du auch bereit zu gehorchen?"

Sie nickte.

„Und wirst du nichts anzweifeln, was wir mit dir vorhaben?"

„Nein. Nichts."

„Wirst du Edward und mir mit deinem Körper willenlos dienen? Uneingeschränkt tun, was wir von dir verlangen?"

Ihr wurde heiß. Seine Worte erregten sie sehr. „Ja, David. Uneingeschränkt." Sie war bereit dazu, bedingungslos zu tun, was sie von ihr verlangten.

„Dann komm'! Ich zeige dir jetzt unsere Welt der Lust." Er öffnete die Tür und betrat mit ihr das Zimmer. Auf den ersten Blick schien es, als sei das ganze Zimmer in Rot gehüllt. Die schweren Vorhänge waren zugezogen. Mehrere Kerzen brannten und warfen einen sanften, rötlichen Kerzenschein in den Raum. In der Mitte des Zimmers stand ein großes Himmelbett aus Messing. Der Himmel bestand aus mehreren Schichten Stoff. Die Seidentücher, die kunstvoll um die vier Eisenstangen gewickelt waren, waren aus durchsichtigem Stoff. Bella konnte erkennen, dass sich ein Mann dahinter verbarg. Er lag auf mehreren übereinandergestapelten Kissen und schlief.

„Er schläft.", sagte sie leise.

„Nichts ist so, wie es aussieht. Und nichts sieht so aus, wie es ist!", erwiderte er.

Bella verstand nicht und sah ihn fragend an.

„Das wirst du schon noch verstehen. Stell' dich hier hin! Halt' dich an der Stange fest... und spreiz' deine Beine.", befahl er ihr.

Dieses Spiel erregte Bella sehr. Sie stellte sich vors Bett und stand mit gespreizten Beinen da, bereit sich in seine Welt der Lüste einführen zu lassen, entführen zu lassen an einen lüsternen Ort, den sie noch nicht kannte. Sie hielt sich nur an einer der vier Stangen fest. Sie rührte sich nicht. Langsam ließ er sich vor ihr auf die Knie fallen und kroch wie ein hungriges Tier unter ihr weites Kleid. Sie fühlte ihn deutlich zwischen den Beinen. Zärtlich befühlte er mit den Händen ihre Strapse. Als er ihr den Slip mit den Zähnen herunterzog, stöhnte sie leise auf. *‚... o Gott, ist das geil...'*, dachte sie und fühlte, dass ihr der Mösensaft an den Beinen entlang herunterlief. Plötzlich spürte sie seine Zunge. Zärtlich leckte er ihr über die Schamlippen, die vor Geilheit bereits dick angeschwollen waren. Er saugte daran und bescherte ihr dabei eine enorme Lust. Die Ungewissheit darüber, was als nächstes passieren würde, steigerte ihr Lustempfinden gewaltig. Langsam drang er mit seiner Zunge in die Öffnung ihrer engen, rasierten Möse ein. *‚... o Gott, seine Zunge ist ja richtig lang, und nass... o ja, ist das geil... ich wusste gar nicht, dass Männer eine so lange, geile*

Zunge haben können...', dachte sie und ließ ihre Hüften langsam kreisen. „... o ja... tiefer, David... steck' sie noch tiefer hinein... das ist total geil...", stöhnte sie leise. Das Gefühl, ihn unter ihrem schweren Ballkleid zu spüren, aber nicht zu sehen, war unbeschreiblich. Sie stellte sich bildlich vor, wie sich die unanständigen Frauen im 18. Jahrhundert ihre Mösen unter ihren langen Kleidern lecken ließen und niemand hatte es bemerkt. Und plötzlich fühlte sie seine Zunge auf ihren Arschbacken. Er zog ihr die beiden Pobacken auseinander und leckte ihr sanft über den Schließmuskel. Sie kniff ihren Hintern fest zusammen, doch seine Hände waren stärker. Er riss ihr die beiden Arschbacken weit auseinander, so dass sie den Schließmuskel nicht mehr geschlossen halten konnte. Tief führte er ihr seine Zunge ein. Sie schmolz dahin. Die Wollust überflutete sie wie eine riesige Welle. Sie ging völlig darin unter. Noch niemals hatte sie eine derartige Lust verspürt. Und Dan hatte sie nicht ein einziges Mal ins Arschloch ficken dürfen. Weder mit der Zunge noch mit seinem Schwanz. Sie hatte es ihm nicht erlaubt. Ihr Hintern war ihr bis zum heutigen Tag immer heilig gewesen. Sie war der festen Überzeugung, dass er kein Lustobjekt darstellte und auch keine Lust, wie sie es eben fühlte, auslösen könne. David steckte ihr nicht nur seine Zunge ins Arschloch, nein, er leckte genüsslich über den Schließmuskel, spielte am Kitzler, saugte an ihren Schamlippen und führte seine Finger tief in ihre Möse und in ihr Arschloch ein. Sie stöhnte. Sie wurde immer lauter. Die Lust, die ihr David unter ihrem weiten Rock bescherte, war enorm groß. Sie hielt sich an der Stange fest, als sei es der einzige Halt in ihrem Leben und genoss die sexuelle Behandlung, die er ihr so liebevoll zukommen ließ.

Sie hielt die Augen geschlossen. Plötzlich fühlte sie eine Zunge auf ihren Lippen. Sie schlug die Augen auf und sah ihn. Edward hatte sich vor ihr aufgebaut wie eine spanische Wand. Sein muskulöser Körper war prächtig anzusehen. Sie lechzte förmlich nach seinem schönen, männlichen Körper. Sie sehnte sich danach, ihn mit ihren Händen zu berühren.

„Du riechst so gut!", hauchte er ihr ins Ohr. Leidenschaftlich begann er sie zu küssen und zog ihr während des Kusses das Korsett ihres Kleides über die Schultern. Dass es dabei zerriss, störte ihn nicht weiter. Er wollte ihre weißen Brüste sehen, ihre weißen Brüste liebkosen, sich an ihrer weißen Haut ergötzen. Er leckte ihr genüsslich über die Nippel, biss sanft ins zarte Fleisch ihrer prallen Weiblichkeit. Er zog sich die Hosen herunter. „Küss meinen Schwanz!", hauchte er ihr ins Ohr.

Bella umklammerte sein steifes Glied mit den Händen, bückte sich hinunter und leckte ihm zärtlich über die Eichel. Sie spielte mit ihrer Zunge an seiner kleinen Öffnung. Spielerisch leckte sie mit der Zungenspitze unter die Vorhaut. Und dann öffnete sie ihren süßen Schmollmund, so weit sie konnte. Tief schob sie sich sein großes Glied in den Rachen.

„Gefällt dir mein Schwanz?", fragte er. Seine Stimme bebte vor Erregung.

„Ja...", stieß sie leise aus und umschloss sein Glied fester mit ihrem schönen, heißen Mund.

„Ja... fick' meinen Schwanz mit deinem Zaubermund, Bella... steck' ihn noch tiefer in den Rachen... das ist *guuuuut so*... du machst das wirklich *sehr gut...",* stöhnte er laut. Es hörte sich fast an wie Wolfsgeheul.

David kroch wieder unter dem Rock hervor, erhob sich hastig vom Boden, richtete sich über ihr auf wie ein mächtiges Tier und riss ihr das Kleid von hinten auf. Lediglich eine schmale Goldschnur, verknotet mit zahlreichen Nieten und Häckchenverschlüssen, hatte das Kleid zusammengehalten. Nun lag die Schnur auf dem Boden und wartete stumm darauf, im nächsten Atemzug der beiden Brüder an den Handgelenken von Bella befestigt zu werden.

Als David Bellas nackte Schulter sah, leckte er mit der Zunge sanft über ihre Haut und bohrte seine Fingernägel tief in ihr zartes Fleisch. Sie schrie vor Schmerzen leicht auf, obwohl sie große Lust dabei verspürte, als er ihr den Rücken so liebevoll zerkratzte. Unbeirrt fickte sie Edwards Schwanz mit ihrem Mund weiter.

David sah auf das Blut, das sich aus den Ritzen ihres zerkratzten Rückens presste. Der Geruch des Blutes geilte ihn auf. Er beugte sich zu ihr hinunter und leckte ihr das Blut vom Rücken. „Steig' ins Bett!", befahl er ihr. Sie gehorchte, ohne von Edwards erregtem Glied abzulassen und kletterte auf allen vieren auf das große Himmelbett hinauf. David zog sich die Hosen herunter und stieß ihr sein erregtes, steifes Glied tief in die Möse. Er begann sie hart zu stoßen. Je lauter sie stöhnte, desto kräftiger schob er ihr sein Glied in die Möse. Beim nächsten Stoß zog er seinen Schwanz wieder heraus und befeuchtete die Spitze seines Schwanzes sowie Bellas Arschloch mit Spucke. Tief schob er ihr den Schwanz in ihren hinteren Eingang und begann sie kräftig zu stoßen. „Gefällt es dir, wenn ich dir dein Arschlock ficke?", stöhnte er erregt.

Sie nickte nur und leckte Edward über sein erregtes Glied. Edward stöhnte. Er konnte seinen Orgasmus nicht mehr zurückhalten. „Ich spritz' gleich ab...", rief er ihr zu, zog seinen Schwanz aus ihrem Mund heraus und spritzte seinen Saft in ihr schönes Gesicht. „Saug' den letzten Tropfen heraus!", befahl er ihr und hielt ihr seinen enorm großen Penis hin, der noch genug Sperma in sich trug.

Bella befolgte seinen Befehl, nahm sein Glied erneut in den Mund und saugte ihm den letzten Tropfen seines Spermas aus dem Schwanz. Genüsslich schluckte sie seinen Saft hinunter, während David seinen großen Schwanz immer wieder aufs Neue tief in ihr Arschloch schob. „O ja... fick' mich...", stöhnte sie. „Fick deiner Bella die Seele aus dem Leib.", stöhnte sie ununterbrochen. Sie war mit einem Mal ein sexbesessenes Luder, das nicht genug bekam. Weder von Edwards Schwanz noch von Davids. Sie fühlte sich im Rausch der Sinne verloren. Mehrmals hatte sie bereits einen Orgasmus bekommen. Nach dem zehnten hatte sie aufgehört zu zählen, sie wollte nur noch genießen und hoffte, dass diese Liebesnacht mit diesen beiden unglaublichen Männern niemals enden würde.

Edward warf sich rücklings aufs Bett. Mit seiner Hand rieb er kräftig an seinem Schwanz, damit er nochmals einen Steifen bekäme. „Dreh' dich her Bella! Jetzt will ich dich von hinten ficken... du hast sie schon lang genug gehabt, Dave... lass sie endlich...", stieß er laut aus. Er zog sie zu sich, doch David zog sie zurück. „Warte noch kurz. Ich bin noch nicht ganz fertig... gleich spritz' ich ab...". Er stieß ihr seinen steifen, harten Schwanz erneut ins Arschloch und stieß kräftig zu, bis er sein Sperma in ihrem Darm entlud. Er stupste sie Edward in die Arme. „Jetzt kannst du sie ficken, Bruder!" Er lachte und stieg aus dem Bett, um sein Lieblingsspielzeug zu holen. Mit einer Pferdepeitsche kam er wieder zurück. Während Edward Bella seinen Schwanz tief in die Möse schob, schlug ihr David den Po wund. Lauter rote Striemen durchzogen Bellas schönes Hinterteil. Sie schrie vor Lust, sie schrie vor Schmerz. Schläge während des sexuellen Verkehrs waren zwar eine neue Erfahrung für sie, es erregte sie jedoch sehr. Es geilte sie auf. Sie konnte es sich selbst nicht erklären. Die Hure für die beiden Brüder zu spielen und zu tun, was sie ihr befahlen, erregte sie ungemein. Demütig tat sie alles, was sie im Bett von ihr verlangten, was sie uneingeschränkt forderten, um ihre Lust auszukosten. Sie ließ sich den Rücken zerkratzen, sie ließ zu, dass sie ihr in die Brüste bissen, ihre Schamlippen mit ihren Fingernägeln quälten. Sie ließ das alles zu, weil sie permanent einen Orgasmus dabei erlebte. Sie hatte zwar schon etwas von Dauerorgasmen gehört, hatte es jedoch nicht für möglich gehalten, dass es tatsächlich so etwas gäbe. Sie ließ sich ans Bett binden und abwechselnd von David und Edward ins Arschloch oder aber in die Möse ficken. Sie leckte ihre Schwänze, sie schluckte ihre Säfte, sie ließ sich schlagen, sie ließ sich liebkosen, sie ließ alles zu. Sie ließ sich das Kleid zerfetzen, all das ließ sie zu, um immer und immer wieder in den Genuss zu kommen, ihren Höhepunkt unter solch geilen Umständen erleben zu dürfen, während sie in den Armen dieser beiden Männer lag. Sie wussten genau, wie sie sie zu verwöhnen hatten, wo ihre erogenen Zonen waren, wie sehr sie es liebte, wenn sie ihr mit ihren Zungen über die Möse leckten, ihre Zungen tief in ihren Anus schoben, mit ihren Zungen liebevoll über ihren Schließmuskel leckten, ihr uneingeschränkt ihre Liebesdienste zukommen ließen.

Der Morgen brach an. Edward erhob sich aus dem Bett und ging aufs Fenster zu. „Wir müssen gehen, David!", sagte er bestimmt und drehte sich zu seinem Bruder um. „Es wird schon hell. Die Sonne wird bald aufgehen." Er öffnete die Terrassentür. Eine hohe Steintreppe führte hinunter zum Schlossgarten.

David küsste zärtlich Bellas Lippen.

„Wann sehen wir uns wieder?", fragte Bella leise. Sie lächelte. Sie fühlte sich vollkommen befriedigt. Sie lag auf dem Kissen und fühlte sich einfach nur gut.

„Das nächste Mal, wenn du dich wieder im Wald verläufst, umherirrst und nicht mehr zurückfindest." Er lächelte.

„Wie meinst du das?" Sie richtete sich auf.

Doch er gab ihr keine Antwort.

„Heißt das, wir sehen uns nie wieder?", fragte sie enttäuscht.

„Keine Angst, wir finden dich. Wir erkennen dich an deinem Geruch."

Plötzlich öffnete sich die Tür. Dan trat ein. Erschrocken sah Bella zur Tür.

„Wie siehst du denn aus?!", fegte Dan sie lieblos an.

Bella saß im Bett, halbnackt. Ihr Kleid war zerrissen, ihr Haar zerzaust, ihr Rücken zerkratzt, ihr Arsch wundgepeitscht und überall klebte Sperma an ihr. Aber sie fühlte sich unheimlich gut, sie fühlte sich endlich richtig befriedigt. „Ich hab' mich die ganze Nacht lang richtig gut durchficken lassen! Ich habe mich von hinten ficken lassen, von vorn, von der Seite, von unten, von oben, in den Mund... und ich hatte das erste Mal richtig Spaß dabei. Ja, ich habe die ganze Nacht lang nur gefickt. Hörst du?!", erwiderte Bella stolz. Sie war äußerst zufrieden, ihn auf diese Art und Weise zu demütigen, sich auf diese Weise an ihm zu rächen. Das gab ihr eine gewisse Befriedigung.

Dan musste lachen. „Gefickt?", fragte er abfällig. „Und mit wem?"

„Mit diesen beiden geilen Männern da." Bella sah zum Fenster hinüber. Sie erschrak. Sie waren auf einmal weg. Die Terrassentür stand sperrangelweit offen. *‚... wo sind die hin?...‘,* schoss ihr durch den Kopf. Sie sprang vom Bett auf und lief zum Fenster. Sie sah über die großflächig angelegte Parkanlage des Schlosses zum Wald hinüber und versuchte die beiden zu erspähen, doch das Einzige, was sie sah, waren zwei große Wölfe, die in den Wald hineinliefen und für immer aus ihrem Leben verschwanden. „Edward... David...", stieß sie leise aus „... wieso habt ihr mich nicht mitgenommen?". Hatte sie das am Ende nur geträumt, weil es eine reine Wunschvorstellung von ihr war, von zwei Männern genommen zu werden? Sie wusste es nicht. Enttäuscht darüber, dass sie verschwunden waren, ging sie zum Bett zurück und ließ sich rücklings aufs Kissen fallen. „Dan, du fickst wie eine Lusche! Dein Schwanz taugt mir nicht mehr! Such' dir eine andere!", sagte sie auf einmal. Sie hörte, wie er die Tür hinter sich zuschmiss.

Plötzlich roch sie die beiden. Und mit einem Mal kam ihr in den Sinn, was David zu ihr gesagt hatte, als er sie das erste Mal gesehen hatte. *„Du riechst so gut!".* Er würde sie sicherlich wieder finden. An ihrem Geruch würde er sie erkennen. Sie schlug die Augen zu und dachte an die aufregende Nacht zurück.

2

Seine sexuellen Wünsche

London. Im Jahr 1992

Lilian saß auf dem Bett und sah in den Spiegel. Ihr schwarzes, langes Haar hatte sie heute abschneiden lassen. Er wollte das so. Er hatte es ihr befohlen. Er wollte, dass sie am heutigen Abend einen Bob trug. Er sagte ihr, das sei sexy. Die anderen Männer würden darauf stehen. Sie stieß einen leisen Seufzer aus. Seit letzter Nacht befand sie sich in einem fürchterlichen Zwiespalt. Sie liebte Damian über alles. Und sie wollte ihm immer alle Wünsche erfüllen, dieses Eheversprechen hatte sie ihm vor drei Wochen gegeben. Doch als sie letzte Nacht seinen Wunsch hörte, versetzte ihr das im ersten Moment einen Stich in der Brust. *„Wenn du mich liebst, dann tust du das für mich."*, hatte er gesagt. *„Mir reicht es nicht, dich zu ficken. Ich will sehen, wenn es andere tun, verstehst du?... ihnen dabei zuschauen, wie sie dich ficken. Und ich will, dass du leidest, wenn du siehst, wie ich vor deinen Augen andere Frauen ficke... ich will, dass du Höllenqualen erleidest, wenn du mir dabei zusehen musst."*

Lilian floss eine Träne die Wange herunter. Alles hatte so schön angefangen. Es war Liebe auf den ersten Blick gewesen. All ihre Freundinnen hatten gesagt, sie solle sich vor Damian in Acht nehmen, er sei anders, anders, als er vorgab zu sein. *„Er täuscht dich, Lili... spielt dir nur was vor."*, hatte ihre beste Freundin sie vor der Hochzeit gewarnt. Doch sie wollte nicht auf sie hören. Sie vertraute Damian. Dummerweise war sie ihm hörig seit der ersten Liebesnacht. Und sie gab ihm das Versprechen, alles für ihn zu tun, was er sich von ihr wünschen würde. Demut war ihr Geschenk an ihn. Nun durfte sie nicht kneifen. Sie hatte Angst, er würde sie verlassen, wenn er merken würde, dass sie sich nicht an ihr Versprechen hielt. Ihr blieb keine andere Wahl. Sie musste es tun. Für ihn. Für ihre Liebe. Sie wollte ihn nicht verlieren. Deshalb hatte sie trotz des stechenden Schmerzes in der Brust beschlossen, dies für ihn zu tun. *„Wieso sagst du denn nichts? Sind dir meine Wünsche auf einmal zu viel?"*, hatte er sie sofort vorwurfsvoll gefragt. *„Natürlich nicht, Damian. Du weißt, ich liebe dich."*, sagte sie sofort. *„Dann wirst du das für mich tun?" „Natürlich."*, hatte sie geantwortet. *„Braves Mädchen. Dafür liebe ich dich. Du wirst sehen, es wird dir gefallen. Du wirst es nicht bereuen. Geh' aber morgen Vormittag noch zum Friseur und lass dir einen Bob schneiden. Das sieht heiß aus. Ich will, dass sie reihenweise anstehen, um dich zu ficken. So siehst du zu... na ja, zu brav aus. Ich mach' aus dir einen Vamp... meinen kleinen Vamp, meine Traumfrau auf immer und ewig... die Frau, die ich für immer lieben werde. Das willst du doch, oder?"*, hatte er sie gefragt und prüfend angesehen. Sie nickte sofort. Die ersten Tränen hatte sie beim Friseur vergossen, als man ihr ihr schönes Haar abgeschnitten hatte. Und die nächsten Tränen zu Hause in ihrem Bad, als sie in den Spiegel sah. Doch sie hatte sich nichts anmerken lassen, als er von der Arbeit nach Hause kam. Sie wollte ihm nicht zeigen, wie sehr sie sich überwinden musste, ihm diesen Wunsch zu erfüllen. Er sollte sie nicht leiden sehen. Sie hatte Angst, er hätte sie dann satt, würde sich sofort scheiden lassen. Lieber erfüllte sie ihm seinen Wunsch. Sie wollte ihn nicht verlieren.

Sie erhob sich vom Bett und ging auf den Spiegel zu. „Du wirst das schaffen. Für ihn. Er liebt dich. Nur deshalb wirst du das tun.", murmelte sie leise ihrem Spiegelbild zu.

Die Schlafzimmertür öffnete sich und Damian trat ein. Er war ein Mann von hoher Statur, nicht besonders schön, doch hatte er etwas Besonderes an sich, das Frauen anzog. Er hatte schon viele besessen, doch noch keine war ihm so hörig und dienlich wie Lilian. Das hatte er sofort bemerkt und natürlich für sich ausgenutzt. Spielen wollte er mit ihr. Sie erziehen, damit nicht nur er, sondern auch andere Spaß an ihr hatten. Und er tat es aus zweierlei Gründen: Es machte ihn geil dabei zuzusehen, wenn sie anderen Männern als Hure diente und der zweite Grund war, dass er an solchen Gang-Bang-Partys, die er regelmäßig veranstaltete, auch fürchterlich viel Geld verdiente. Lilian wusste nichts von diesen Gang-Bang-Partys. Er hatte es ihr bis dato verschwiegen. Er wollte sie erst erziehen und danach einweihen. Als sie ihm am gestrigen Abend gestanden hatte, wie sehr sie in ihn verliebt sei, und dass sie alles für ihn täte, da wusste er, es war so weit. Sie war ihm hörig, und er konnte alles von seiner Frau fordern, alles von ihr verlangen. Sie besaß keine Grenzen mehr, er hatte sie gesprengt. Als er sie nun sah, war er überwältigt von ihrer Schönheit. Sie trug ein schwarzes, kurzes Kleid, das gerade mal ihren knackigen Hintern bedeckte, und hohe Stöckelschuhe. Er ging auf sie zu. „Du gefällst mir.", flüsterte er ihr ins Ohr. „Siehst verdammt heiß aus!" Er wusste in diesem Augenblick, dass noch keine von seinen anderen Frauen, die er auf diese Partys mitnahm, so schön ausgesehen hatte. Von diesen Frauen wusste Lilian natürlich nichts. Und er achtete auch peinlich darauf, dass sie von ihnen nie erfahren würde. Aber er wollte sie erziehen. Er wollte erreichen, dass sie furchtbare Seelenqualen erleiden müsse, wenn er andere Frauen vor ihrer Nase ficken würde. Das alles hatte er geplant, als er beschlossen hatte, sie zu seiner gehorsamen Sexsklavin zu machen, zu seiner Ehefrau, bis dass der Tod sie scheidet. Er lächelte sie an. Er hatte ein wirklich fieses Lächeln im Gesicht.

Sie umarmte ihn. Natürlich hatte sie davon nichts bemerkt. „Ich liebe dich.", erwiderte sie leise.

„Das will ich doch hoffen." Er lachte. „Hast du den Slip ausgezogen?"

„Noch nicht.", sagte sie leise.

„Dann solltest du es tun, bevor du deinen Damian verärgerst. Er will nämlich gleich gehen. Und es wäre eine Schande, wenn du deinen geilen Arsch dann immer noch unter dem Slip verstecken würdest. Dann könnte ich ihn ja nicht sehen... nicht jederzeit anfassen... dir befehlen, ihn mir bedingungslos entgegenzustrecken... siehst du, all das würde dein dämlicher Slip verhindern... Und das willst du doch nicht?... du willst doch, dass ich meinen Spaß habe, oder? Und das uneingeschränkt."

„Natürlich.", sagte sie leise und versuchte, ein Lächeln auf ihre Lippen zu zaubern.

„Und ich will, dass die anderen uneingeschränkt Spaß an dir und deinem geilen Arsch haben! Ich will, dass sie vor Lust vergehen, wenn sie dich ficken! Ich will, dass du ab heute immer willst, was ich will. Deswegen will ich auch, dass du vor Lust vergehst, wenn du daran denkst, bald von unzähligen, schwanzgesteuerten Männern gefickt zu werden. Angekettet und hilflos wirst du ihnen ausgeliefert sein. Ich will das so. Und du? Willst du es denn auch so?"

Sie nickte.

Wirklich?" Er warf ihr einen prüfenden Blick zu.

Sie nickte. „Natürlich."

„Das ist gut. Ich sehe schon, du willst es wirklich... ich hatte nämlich plötzlich das Gefühl, dass du mir nur was vorspielst... aber anscheinend habe ich mich nur getäuscht... sei also feurig, zeig' mir, was du drauf hast. Ich will deine Lust in deinem Gesicht sehen. Ich will, dass deine Fotze nass wird, wenn ich sie von anderen ficken lasse. Und? Traust du dir das zu?"

„Natürlich.", sagte sie leise.

„Wenn du mich blamierst, dann weiß ich nicht, ob ich dich noch lieben kann..."

„Keine Angst, Damian, ich werde dich nicht blamieren.", fiel sie ihm ins Wort. „Du kannst dich voll und ganz auf mich verlassen." Sie küsste ihm liebevoll auf die Lippen. Doch er reagierte nicht darauf. Lieblos sah er sie an.

„Nun gut, ich verlass' mich auf dich." Er fasste ihr mit den Händen unter das Kleid und befühlte die Strapse. „Du fühlst dich echt geil an, Kleines." Er lachte und zog ihr den Slip von den Beinen. „Na, dann lass' uns endlich gehen."

♣♣♣

„Ist es noch weit?", fragte sie, nachdem sie schon eine Stunde lang unterwegs waren.

„Nein. Wir sind in einer halben Stunde da." Er legte ihr seine Hand auf den Schoß. Plötzlich fasste er ihr in den Schritt. „Du fühlst dich gut an. Gefällt dir das?" Er hatte ihr seinen Finger tief in die Möse geschoben.

Sie stöhnte. „Ja... das ist schön... Damian?... müssen wir... müssen wir da wirklich hinfahren? Ich habe Angst..."

Damian zog seinen Finger aus ihrer Möse heraus, legte eine Vollbremsung ein und blieb mitten auf der Straße stehen. Weit und breit war kein Wagen zu sehen. „Ich werde das dumme Gefühl einfach nicht los, dass du mich verarschen willst. Wir sind schon fast da und du willst alles abblasen? Ich weiß nicht, was ich davon halten soll, Lilian?!" Er klang sehr verärgert. „Ich habe dich gestern und heute, hörst du, mehrmals gefragt, ob das ein Problem für dich ist und du hast gesagt, *nein, Damian, das ist kein Problem für mich*! Also, wo liegt auf einmal das Problem?! Fuck, wieso jetzt auf einmal so, Lilian?!"

„Bitte sei doch nicht sauer, ich habe doch nur...", versuchte sie sich zu rechtfertigen. Doch er ließ ihr keine Chance.

„Steig' aus!", befahl er ihr.

„Was?", sagte sie entsetzt.

„Los! Raus hier! Ich lass mich nicht verarschen!", schrie er sie an.

„Bitte nicht, Damian... ich tu' es ja... ich will es wirklich... ich weiß selbst nicht, wieso ich das überhaupt erst gesagt habe. Bitte, ich werde dich nicht enttäuschen. Du wirst sehen."

Er sah sie an. „Meinst du das jetzt ehrlich? Oder verarscht du mich schon wieder?"

„Ich freu' mich... wirklich... sehr sogar. Komm', lass uns weiterfahren." Sie lächelte ihn an. Sie hatte Angst, dass er sie hier im Nirgendwo einfach zurücklassen würde. Es wurde langsam dunkel.

„Na gut, aber ich warne dich. Mach' mich dort bloß nicht zum Clown!", zischte er.

„Nein, nein, Damian. Das werde ich bestimmt nicht."

„Ich hoffe, du kannst dich noch daran erinnern, wenn wir dort sind.

„Natürlich. Ganz bestimmt. Glaub' mir."

„Und wieso dann plötzlich dieser Sinneswandel, Lili? Wie soll ich dir jemals wieder glauben, wenn du mich bei solchen Kleinigkeiten schon belügst?"

„Ich weiß nicht, wieso ich das gesagt habe. Ich weiß es wirklich nicht... ich habe dich auch nicht belogen... ich habe es auf alle Fälle nicht so gemeint, wie es wohl bei dir rübergekommen ist... es tut mir leid... ich hatte nur ein wenig Lampenfieber... ich hätte mich anders ausdrücken sollen. Ich freu' mich schon sehr darauf, dich glücklich zu machen. Wirklich. Ich werde dir beweisen, dass es sich lohnt, mich zu lieben." Sie lächelte ihn an.

„Na gut, Lilian, ich will dir glauben." Damian startete den Motor und fuhr weiter.

♣♣♣

Damian lenkte den Wagen auf den Hof eines hellbeleuchteten Herrenhauses. Mehrere *Bonzenwagen* und teure Limousinen standen auf den Parkplätzen. Er zog den Schlüssel aus dem Zündschloss. Er sah sie an. „Du machst mir doch hoffentlich keine Schande?"

„Nein.", antwortete sie leise.

„Na gut. Dann komm' jetzt." Er stieg aus.

♣♣♣

Als sie mit Damian den Saal betrat, schnürte ihr ein dickler Kloß die Kehle zu. Aber sie ließ sich nichts anmerken, sondern machte gute Miene zum bösen Spiel. Der ganze Saal war voller Männer. Es waren mindestens dreißig, sofern sie sich nicht beim flüchtigen Überfliegen verzählt hatte. Soweit sie das überblicken konnte, sah sie nicht eine einzige Frau. Die schweren Vorhänge an den hohen Fenstern waren zugezogen und auf den zahlreichen Sofas tummelten sich Männer, die allesamt schwarze Anzüge trugen und ihre Gesichter hinter schwarzen Brillen versteckten. Der ganze Raum war in Rot gehüllt. Die Samtvorhänge, die Wände, die weichen Sofabezüge, all das funkelte in einem feurigen Rot. An den Decken hingen unglaublich große und hellerleuchtete Kronleuchter. In der Mitte des Saals war ein kleiner, runder Drehtisch aus massivem, dunklem Holz aufgestellt, an dem vier Halterungen aus Gold angebracht waren. Damian ging mit ihr geradewegs auf diesen Tisch zu.

Sie fühlte sich beobachtet. Sie schien wirklich die einzige Frau zu sein, die sich in diesem pompösen Saal befand. Alle Augen richteten sich auf sie. Auf merkwürdige Art und Weise gefiel ihr das irgendwie. Irgendwie beschämte es sie aber auch ein Stück weit. Sie ahnte zwar, was auf sie zukäme, aber sie wusste es nicht genau. Sie griff nach Damians Hand, sah ihn an und lächelte.

„Gefällt es dir hier?", fragte er misstrauisch.

Sie nickte. „Sehr.", sagte sie leise.

„Dann steig' jetzt auf den Tisch, damit ich dich daran festbinden kann."

Ohne Widerrede stieg sie auf den Tisch und kniete auf allen vieren vor ihm wie eine läufige und willige Hündin. Er band ihre Handgelenke und Fußfesseln mit Seidentüchern und Eisenketten an diesen goldenen Vorrichtungen fest. Er legte ihr ein mit Brillanten besetztes Halsband aus Gold um und kettete sie ans Tischbein. Die Beine waren weit gespreizt, da die beiden hierfür vorgesehenen Vorrichtungen für die Füße weit auseinander an der Tischplatte befestigt waren. Den Kopf hielt sie gesenkt, während ihr Damian die Fesseln anlegte. Plötzlich merkte sie, dass es sie doch sehr erregte, als er sie am Tisch festband. Sie fühlte sich wie eine Gefangene, die von ihrem Herrn gefesselt wurde, um anderen Männern als Lustobjekt zu dienen und nun liebevoll für dieses sexuelle Ritual vorbereitet wurde. Sie wurde nass. Der Geilheitssaft tröpfelte ihr auf die Beine und lief an ihren Schenkeln entlang zur Tischplatte hinunter. Er fasste ihr in den Schritt und befühlte ein letztes Mal ihre Möse. „Die ist ja nass!", stieß er verwundert aus. Er beugte sich zu ihr vor und flüsterte ihr ins Ohr: „Mach' einfach alles, was sie dir sagen. Und zeig', dass es dir Spaß macht. Sei geil... mir zuliebe... Und? Kann ich mich auf dich verlassen?"

Sie sah ihm in die Augen. „Ja. Ich werde dich nicht enttäuschen."

„Ich hoffe es... für dich!" Er richtete sich wieder auf. Er packte sie am Rock und zog ihn ihr über die Schenkel zum Po hinauf. Nicht nur ihr nackter, praller Hintern war zu sehen, sondern auch ihre enge, rasierte Möse. Der Anblick war überwältigend. Damian begann nun den Drehtisch zu drehen, damit jeder im Saal in den Genuss dieses göttlichen Anblicks kam.

Die Männer erhoben sich von ihren Sesseln und gingen langsam auf den runden Tisch zu. Damian entfernte sich.

Lilian sah, wie sie auf sie zugingen. Als der erste bei ihr ankam, fühlte sie seine Hand auf ihrem Hintern. „Ein geiler Arsch.", hörte sie den Mann sagen. Er zog ihr die Arschbacken auseinander und steckte ihr seinen Finger ins Arschloch. Tief bohrte er ihr seinen Finger ins Loch. „Geiler Arsch.", sagte er. Er zog den Finger wieder heraus und befühlte ihre Schamlippen. Fest rieb er an ihrer Klitoris. Diesmal steckte er ihr zwei Finger in die Möse. Tief schob er sie ihr ins enge Loch. Obwohl sie es nicht zulassen wollte, erregte sie die sexuelle Behandlung des Mannes doch sehr. Sie schämte sich zwar für ihre Gedanken, aber irgendwie war es auch eine völlig neue Erfahrung für sie, die sie soeben machte. Ein großer Mann blieb vor ihr stehen, zog sich den Reißverschluss herunter und holte sein steifes Glied heraus. Er rieb sich zweimal mit seiner Hand am Schwanz, dann packte er sie am Haar und zog ihr den Kopf in den Nacken. „Mach' deinen Mund auf und fick' meinen Schwanz!", befahl er ihr. Sie bückte sich zu ihm hinunter und leckte über seine Eichel. Mit der Zunge spielte sie an seiner Vorhaut, mit den Zähnen biss sie sacht in seinen Schwanz. Die Zungenspitze bohrte sie ihm ins Loch. „Fick endlich meinen Schwanz, Sklavin!", befahl er ihr. „Und saug' daran, als sei er aus Gold." Er lachte. Sie nahm seinen großen, harten Penis in den Mund. Immer tiefer und fester stieß er ihr sein erregtes Glied in den Rachen. Sie bekam kaum Luft, dennoch ließ sie es zu, dass er immer tiefer, immer schneller, immer fester sein steifes Glied in ihren Mund stieß. Sie öffnete sich ihm willenlos und ließ es einfach geschehen, alles, was er ihr befahl, tat sie wie eine gehorsame Sklavin. Tief verschlang sie seine Männlichkeit und verschaffte ihm offensichtliche Befriedigung.

Plötzlich fühlte sie, dass der Mann hinter ihr mit seinem steifen Penis in ihre Möse eindrang. Er stieß zweimal hart zu, dann zog er sein Glied wieder heraus und befeuchtete seinen Schwanz sowie ihre Rosette mit Spucke und stieß ihr sein steifes Glied ins Arschloch. Nun begann er, sie abwechselnd in die Möse und ins Arschloch hart und kräftig zu stoßen. „Lass mich auch mal die geile Fotze ficken.", sagte ihm ein anderer.

Lilian fühlte plötzlich die unterschiedlichsten Schwänze in ihrer Möse und in ihrem Arschloch. Sie hatte den Überblick verloren, wusste nicht mehr, von wie vielen sie gefickt wurde. Doch plötzlich befand sie sich im Rausch der Sinne. Sie wurde befriedigt von dicken Schwänzen, von langen Schwänzen, von schmalen Schwänzen, von harten und mittelharten Schwänzen. Von allem war etwas dabei. Sie konnte nicht sehen, wie die Männer aussahen, sie spürte nur die geilen, harten Schwänze. Groß, mittel, klein. Alle paar Minuten musste sie einem anderen Mann einen blasen. Sie sah den Männern nicht in die Gesichter, sah ihnen nicht in die Augen, sie sah nur deren steife Schwänze. Manche hatten eine große Eichel. Manche waren rosafarben. Manche davon waren schwarz. Manche waren weiß. Sie war umgeben von unterschiedlichsten Schwänzen. Sie fühlte unheimlich viele Hände auf ihrem Körper, auf ihren Brüsten, auf ihren Schenkeln, auf ihrem Arschloch. Sie spürte, dass man ihr mit den Zungen über die Haut leckte. Sie fühlte Zungen auf ihrer rasierten Möse, sie fühlte Zungen auf ihrem rosigen Arschloch. Manche umschloss sie liebevoll mit ihrem Schließmuskel, manche mit ihrer lieblichen Fotze. Sie fühlte nasse, feuchte Zungen auf ihren Brüsten. Sie fühlte, dass man an ihren Brüsten saugte, an ihren harten Nippeln. Sie fühlte leichte und feste Bisse und Küsse. Sie fühlte dieses prickelnde Kribbeln auf ihrem ganzen Körper, nicht nur an ihren erogenen Zonen. Sie genoss die neue Lust, die sie in diesem Moment kennenlernte. Es gefiel ihr, in diese Welt von Damian eingeführt worden zu sein, die sie ohne ihn niemals kennengelernt hätte. Sie hatte ja nicht gewusst, was für eine enorme Lust sie dort zu erwarten hatte. Der Fick mit den Männern stachelte ihre Geilheit an; es war der beste Fick, den sie jemals erlebt hatte, der Fick des Jahrhunderts für sie. Sie fühlte sich wie ein Luder, doch das Gefühl berauschte sie. Sie wollte ein Luder sein. Genau in diesem Moment. *‚... ich bin ein geiles Luder... ja, fickt mich richtig gut durch... o ja, fickt meine Fotze... fickt mein Arschloch mit euren geilen Schwänzen...'* Diese Gedanken schossen ihr in Sekundenschnelle durch den Kopf. Das erregte sie sehr. Sie hatte das Gefühl, vor Lust zu explodieren. Sie freute sich zudem, dass Damian mit Recht stolz auf sie sein konnte. Sie machte ihm keine Schande. Sie tat, was er verlangt hatte. Und sie tat es mit 100%iger Überzeugung. Sie fand, sie fickte wie eine junge Göttin und sie wusste, Damian beobachtete sie wohl just in diesem Moment. Sie stöhnte laut. Sie wollte, dass er sie gut hören konnte. *‚... nein, ich mache dir keine Schande...'* Sicherlich beobachtete er sie. Sicherlich sah er, welch große Lust sie dabei empfand, von diesen Männern durchgefickt zu werden. Noch nie zuvor hatte sie eine derart große Wollust beim Sex empfunden. Doch es lag nur an den unterschiedlich großen, langen und harten Schwänzen, von denen sie bearbeitet wurde. Und manche waren verdammt lang, hatte sie sich gedacht, als sie sich ihnen bereitwillig öffnete. Ihre Möse war noch nie so nass! Und auf einmal kam ihr der Gedanke: *wird mir Damians Schwanz überhaupt noch reichen, jetzt, wo ich weiß, wie es sich anfühlt, von so vielen unterschiedlichen Schwänzen auf einmal gefickt zu werden?* Sie hatte wirklich großen Spaß dabei. Daran könne niemals wieder jemand etwas ändern. Und dass das geschah, hätte sie niemals gedacht, niemals für möglich gehalten. Welch geheime Wünsche, geheime Träume waren in ihr verborgen gelegen. Schlummerten nur so vor sich hin. Und Damian hatte sie zu verdanken, dass sie nun aus ihrem Tiefschlaf erwacht waren. Sie war umgeben von Männern, die geil auf sie waren, und sie von allen Seiten fickten. Und sie genoss diese Behandlung. Sie fühlte deren Samen auf ihrem Körper. Der Saft lief ihr aus dem Arsch, der Saft lief ihr aus der Möse. Sie musste ihn schlucken. Sie schmeckte unzählige Säfte, sie roch unzählige Samen. Am liebsten wäre sie diesem Rausch auf ewig verfallen. Nun hatte Damian seinen Vamp. Einen Vamp, der der sexuellen Sucht verfallen war.

♣♣♣

Damian lenkte den Wagen aus der Einfahrt hinaus, gab Vollgas und fuhr mit quietschenden Reifen davon.

Stur sah er auf die Straße. Die Morgendämmerung brach herein, es wurde langsam hell. Stumm lenkte er den Wagen auf der verlassenen Landstraße Richtung Stadt.

„Wieso sagst du denn nichts?", fragte sie ihn.

Er ging auf ihre Frage nicht ein. „Und? Wie hat es dir gefallen?"

Sie lächelte. „Sehr. Zuerst hatte ich Angst davor... das hast du ja gemerkt... aber dann... es war eine wunderschöne Erfahrung, wenn nicht die schönste, die ich bisher in meinem Leben gemacht habe. Es war so anders... das Gefühl unbeschreiblich... ich könnte noch jetzt am ganzen Körper erzittern... ich spüre sie immer noch in mir, in meinen Löchern, Damian. Meine Fotze, mein Arschloch, ich fühle mich einfach so herrlich durchgefickt... von so vielen Männern gleichzeitig genommen zu werden, als einzige Frau unter ihnen, begehrt von den anderen... ich habe mich noch nie so begehrt gefühlt... das war einfach irre... es hat..."

„Dann warst du also geil?"

„Megageil." Sie musste lachen. „Wenn ich gewusst hätte, wie schön das ist, hätte ich mich nicht so geziert..."

„Philippe, einer der zehn Mentoren, war sehr zufrieden mit dir.", sagte er, ohne weiter auf ihre Gefühlsduseleien einzugehen.

‚... ein Mentor war also auch dabei...', schoss ihr durch den Kopf. *„Philippe?* Wer ist das? Kenn' ich den? Hat mich der vielleicht auch gefickt?" Sie sah ihn prüfend an, doch er antwortete nicht. „Damian? Wieso antwortest du denn nicht? Du verhältst dich äußerst merkwürdig, wenn ich das mal so sagen darf... wieso bist du denn plötzlich so... so komisch? Seit wir losgefahren sind, bist du schon so... na ja, so komisch eben..."

„Du spinnst doch! Ich bin doch nicht komisch." Er wollte nicht zugeben, dass es ihn schon irgendwie ärgerte, dass es ihr so gut gefallen hatte. Damit hatte er eigentlich nicht gerechnet. Irgendwie hatte er erwartet, dass sie gesagt hätte, keiner konnte sie so gut befriedigen wie er, keiner hatte einen so geilen Schwanz wie er. Aber nichts davon hatte sie gesagt. Nein, im Gegenteil. Sie machte ein äußerst zufriedenes Gesicht und wenn er länger darüber nachdachte, dann hatte er diese Befriedigung an ihr noch nie zuvor gesehen, wenn er sie mal wieder eine ganze Nacht lang durchgefickt hatte. Aber nun, nachdem sie von nahezu dreißig Männern die ganze Nacht lang durchgefickt worden war, machte sie ein so zufriedenes, befriedigtes Gesicht, das ihn zur Weißglut trieb, das ihn irgendwie ärgerte. Ja, es ärgerte ihn sogar sehr. Ehrlich gesagt hätte es ihm besser gefallen, sie hätte ihm etwas vorgejammert. Hätte gesagt, wie sehr sie gehofft habe, alles wäre bald zu Ende, da sie nur Lust dabei empfand, wenn er sie fickte. Ja, das hätte ihn angemacht. Sie von anderen Männern ficken zu lassen und zu wissen, dass sie dabei litt, seelische Qualen durchlebte, ja, das hätte ihn geil gemacht, dauergeil, um es in seinen Worten auszudrücken. Diese Tatsache hätte ihn mehr als angeturnt und er hätte sich selbst am Schwanz gerieben, während er beobachtete, wie die Männer über sie hergefallen waren und sie richtig gescheit durchgefickt hatten. Aber als er ihr Gesicht sah! Sie stöhnen hörte, dort oben, auf dem Tisch, angebunden, wehrlos und demütig, da wusste er, es war nicht gespielt. Sie tat es nicht für ihn. Es gefiel ihr tatsächlich. Ja, es gefiel ihr und das hatte ihn erzürnt. Und so konnte er sich das erste Mal keine Befriedigung auf so einer Gang-Bang-Party beschaffen, die er Gott verflucht selbst organisiert hatte, dachte er sich in jenem Moment, als er sie ansah, ihr in ihr zufriedenes, lustvolles Gesicht sah. Die Lust konnte er förmlich riechen, förmich spüren, förmlich sehen. Oh wie zornig ihn das gemacht hatte und er konnte nichts anderes tun, als sich maßlos über Lilians zufriedenes Gesicht zu ärgern.

„Na ja, ich dachte nur...", erwiderte sie kleinlaut. „Ich hab' mich eben nur gewundert... dachte, du bist so still... sagst nichts. Ich habe gehofft, du lobst mich. Ich habe doch alles so gemacht, wie du es wolltest, getan, was du wolltest. Warst du denn nicht zufrieden?"

„Doch.", sagte er kurz angebunden.

Nachdem sie gemerkt hatte, dass es keinen Sinn machte, sich mit ihm weiterzuunterhalten, weil er aus einem ihr unerklärlichen Grund keine Lust dazu hatte, entschied sie sich, ihn in Ruhe zu lassen. Sie lehnte sich in den Sitz zurück, schloss die Augen und dachte an den aufregenden Abend, an die umwerfende Nacht zurück. Sie war schon sehr gespannt, wann er wieder mit ihr dorthin fahren würde, und ob sie dann wieder die einzige Frau sein würde, die man dort auf den runden Drehtisch schnallte, um sie von allen Seiten zu ficken. Dieser Nacht fieberte sie jetzt schon entgegen. Sie freute sich insgeheim schon sehr auf die dicken, großen und harten Schwänze, die sie dort erwarten würden. Sie fühlte sich zum ersten Mal als reines Lustobjekt, als sexueller Gegenstand für die Männerwelt und sie fühlte sich gut dabei. Nichts hatte sie jemals so sehr befriedigt wie diese willenlose Hingabe, als sie all ihre Löcher lustvoll stoßen ließ. Immer und immer wieder. Die sexuelle Begierde zog sie wie ein Sog in die Tiefe der Höllenglut. Doch wenn das die Hölle war, dann war sie bereit, ein Leben lang darin zu schmoren. Sie sah nun ihre Erfüllung in der Lust, in dem reinen Sex, den sie durch Damians Herrschaft kennenlernen durfte. Und sie fühlte sich wie eine wissbegierige Schülerin. Alles wollte sie lernen. Sie wusste nicht, was er sich sonst noch so für sie einfallen ließe, aber sie war überzeugt davon, dass es etwas Geiles sein musste. Und allein diese Neugierde und Ungewissheit bescherte ihr wieder eine nasse Möse. Sie lächelte in sich hinein und rieb mit ihrer Möse unauffällig auf dem Ledersitz hin und her. Das wohlige Verlangen nach mehr ließ sie erzittern.

Damian sah kurz zu ihr hinüber. Ihr Lächeln im Gesicht ärgerte ihn maßlos. Er stieg aufs Gas. *„Mal sehen, ob du auch noch so lächelst, wenn ich dich von Philippe ficken lasse! Bei ihm darfst du nämlich keine Gefühle zeigen, keine Lust empfinden, deine verdammte Fotze nicht rühren, nicht sprechen, nicht stöhnen... nichts darfst du bei ihm, wenn er dich fickt... ja, Damian, das machst du. Dann wird ihr das Lachen schon noch vergehen... dann bist du wieder der Größte... dann bist du wieder die Nummer Eins..."*

♣♣♣

Lilian betrat das Wohnzimmer. Damian rauchte mit Philippe eine Zigarre. Beide verstummten, als sie eintrat.

„Das Essen ist fertig.", sagte sie leise, ging wieder hinaus und schloss hinter sich die Tür.

♣♣♣

Lilian servierte das Essen und nahm anschließend gegenüber von ihrem Mann Platz. Behutsam ließ sie sich auf dem Stuhl nieder. Sie wurde das komische Gefühl nicht los, dass es einen besonderen Grund hatte, wieso sie sich vor dem Essen noch schnell den Analplug einführen musste, um ihn dann während des Essens die ganze Zeit über in sich zu tragen. Sie saß auf dem Stuhl und fühlte, dass ihre Möse vor Geilheit langsam nass wurde, während sie ihre Suppe löffelte. Es fiel ihr nicht einfach, die Suppe zu essen. Eine Menge verruchter Gedanken schwirrten ihr im Kopf umher. Immer wieder ertappte sie sich dabei, dass sie Philippe, den sie noch nicht einmal kannte, auf sein enorm großes Glied starrte, das sich durch den Stoff seiner Hose zu pressen schien. *‚... hat der einen Steifen?...'*, schoss ihr durch den Kopf. *‚... wie der wohl fickt?... Lili, du bist wirklich unmöglich... ein richtiges Luder!...'* Sie fand ihn äußerst attraktiv. Sie stand auf große Männer. Sie war überzeugt davon, dass nur große Männer große Schwänze hatten. Und sie fühlte sich nur befriedigt, wenn sie von einem großen, harten Schwanz gefickt wurde. Die kleinen, zu kurzen taugten ihr nichts.

„Lili... richtig?", fragte er plötzlich.

Sie zuckte zusammen. Beschämt richtete sie ihren Blick auf Philippe. Sie nickte. *‚... hoffentlich hat er nicht gesehen, dass ich ihm auf den Schwanz gestarrt habe...‘*, schoss ihr durch den Kopf.

„Deine geile Show vor zwei Tagen hat mich begeistert. Du hattest richtig Spaß beim Ficken, hab' ich recht?"

Lilian errötete. Sie hatte sich bis dato noch mit keinem anderen Mann darüber unterhalten, wie sie ihren Sex praktizierte und wie sie den Sex fand. Über Sex hatte sie bis dahin nur mit Damian gesprochen. Auf diese Frage war sie deshalb ganz und gar nicht vorbereitet.

„Genierst du dich darüber zu reden?"

Sie schüttelte den Kopf.

„Na, dann sag' mir doch, wie du's gefunden hast."

„Es war schön..."

„Schön? Schön, sagst du? Ich denke nicht, dass das das richtige Wort hierfür ist. Schön sind langweilige Teepartys. Aber eine schöne Frau richtig gut durchficken zu lassen, würde ich eher als geil bezeichnen. Findest du nicht auch?"

Sie errötete schon wieder.

„Du schämst dich also doch?" Philippe lachte.

Lilian sah zu Damian hinüber. Sie wurde plötzlich unsicher. Doch Damian sah sie nur stumm an. Sie wusste sofort, dass ihm ihre Antworten missfallen hatten und dass sie sich seinem Gast gegenüber anders verhalten müsse. Sie richtete ihren Blick wieder auf Philippe. „Nein, ich schäme mich nicht... die Gang-Bang-Party, die war echt geil!", antwortete sie rasch. „Es hat mir gefallen, von so viel unterschiedlichen Schwänzen richtig gut durchgefickt zu werden." An Damians Gesichtsausdruck konnte sie sofort erkennen, dass sie nun das Richtige geantwortet hatte. Ihm wäre nichts unangenehmer gewesen, als dass Philippe von ihr gedacht hätte, sie sei frigide. Schließlich hatte er vor, noch weiterhin Geschäfte mit ihm zu führen. Und an dem Mädchenhandel verdiente er äußerst gut. Lilian hatte ja gar keine Ahnung, mit wem sie da eigentlich verheiratet war.

„Diese Antwort gefällt mir schon besser." Philippe rieb sich an der Nase. Das tat er grundsätzlich, wenn er etwas Schweinisches vorhatte. „Sag' mal, ist deine Fotze durch unser Gespräch jetzt eigentlich nass geworden?"

Lilian wusste nicht, was sie antworten sollte. Sie sah zu Damian hinüber. Er gab ihr ein stummes, unmissverständliches Zeichen, mit einem *Ja* zu antworten. „Ja.", sagte sie kurz angebunden.

„Na, dann komm' mal her. Ich würde mich gerne selbst davon überzeugen." Philippe winkte sie mit der Hand zu sich.

Lilian sah abermals zu Damian hinüber. Sie wusste nicht, was sie machen sollte.

„Hast du nicht gehört, was Philippe gesagt hat? Du solltest ihn wirklich nicht so lange warten lassen, Schatz! Das ist unhöflich." Damian erhob sich vom Stuhl, ging auf Lilian zu und packte sie am Arm. „Na los! Zeig' Philippe deine nasse Fotze!"

Sie stand auf und ging auf Philippe zu. Dicht vor ihm blieb sie stehen und rührte sich nicht.

„Hast du einen Slip an?"

Sie nickte.

„Dann zieh' ihn aus."

Sie tat, was er von ihr verlangte.

„Hier... setz' dich auf den Tisch und spreiz' die Beine.", befahl er ihr und schob mit der Hand seinen Teller beiseite, damit sich Lilian vor ihm auf dem Tisch richtig gut ausbreiten konnte und es ein Leichtes für ihn wäre, sie richtig gut durchzuficken. Das tat er nach dem Essen grundsätzlich. Das empfand er als krönenden Nachschlag *à la carte.*

Lilian setzte sich auf die Tischplatte und spreizte die Beine.

Philippe zog ihr den Rock über die Schenkel. Er sah sofort den Analplug in ihrem schönen Arschloch stecken. „Spreiz' sie noch weiter!"

Sie befolgte seine Anweisung und spreizte ihre Beine noch weiter.

Mit den Händen befühlte er ihre Möse. Den Analplug schob er noch ein Stückchen weiter in den Anus hinein. Sie stöhnte.

„Hör' sofort auf zu stöhnen!", befahl er ihr.

Sofort verstummte sie wieder. Verwundert sah sie ihn an. Es fiel ihr äußerst schwer nicht zu stöhnen, während er ihr den Analplug immer wieder aus dem Arschloch hinauszog und wieder tief hineinstieß. Seinen Zeigefinger schob er ihr dabei immer wieder tief in die Möse.

„Weißt du, wie ich Frauen am liebsten ficke?", fragte er sie plötzlich.

Sie schüttelte den Kopf.

„Wenn sie sich schlafend stellen. Sie rühren sich nicht. Sie sagen keinen Ton. So gefallen mir Frauen. Sie reden kein unnützes Zeug, tun so, als seien sie nicht da und machen nur ihre Beine breit. Das gefällt mir... Leg' dich auf den Tisch und halt still!"

Sie ließ sich rücklings auf dem Tisch nieder. Sie sah zur Decke hoch und wartete.

„Stell' dich schlafend, komm'. Zeig' mir, ob du das kannst... nein, nicht bewegen... halt still... ja, so ist's richtig. Nicht bewegen! Bleib so!"

Lilian gehorchte. Sie bewegte sich nicht. Ruhig lag sie da und wartete ab, was als nächstes passierte. Plötzlich spürte sie seine nasse, lange Zunge auf ihrer Möse. Zärtlich leckte er ihr über die Schamlippen. *‚... o Gott, ist das geil...'*, schoss es ihr durch den Kopf. Die Zunge auf ihrer Möse machte sie richtiggehend an. Sie wurde noch geiler als nur bei dem Gedanken an seinen Schwanz und es fiel ihr wirklich äußerst schwer, bei dieser Behandlung ruhig zu bleiben. Sie bewegte ihr Becken und schwang die Hüften. Leise stöhnte sie seinen Namen. Plötzlich spürte sie einen stechenden Schmerz auf ihrer Scham. Er bohrte ihr seine scharfen Zähne tief in die Schamlippen. Sie schrie laut auf.

„Ich habe dir doch verboten, dich zu bewegen! Ich habe dir gesagt, halte still, verdammt noch mal! Wenn du dich noch einmal rührst, dann beiße ich noch fester zu!", sagte Philippe erbost und zwickte mit seinen Fingernägeln in das zarte, empfindliche Fleisch ihrer Möse.

Lilian sah flehend zu Damian hinüber, der es sich auf einem Stuhl bequem gemacht hatte und an seinem steifen Glied spielte, während er die beiden beobachtete. Sie bat ihn stumm, dieses Schauspiel sofort zu beenden.

Doch Damian schien ihr flehender Blick nichts zu bedeuten. „Du solltest lieber tun, was er sagt, Lilian. Wenn du nicht gehorchst, bist du für mich wertlos. Wie soll ich dich dann noch von anderen ficken lassen? Dann muss ich dich wohl oder übel entsorgen.", sagte er nur. Er fühlte sich dadurch befriedigt, dass Lilian nun beim Ficken keine Lust mehr verspürte. An ihren Qualen und an ihrem Leiden geilte er sich auf. Endlich hatte er erreicht, wonach er sich sehnte. Eine Frau zu besitzen, die sich von anderen ficken ließ und keine Lust dabei verspürte. Er hatte auf der Fahrt von der Gang-Bang-Party nach Hause beschlossen, Lilian nie wieder in diesen Genuss kommen zu lassen. Zu sehr hatte er sich darüber geärgert, dass sie es genossen hatte, sich von all diesen Männern durchficken zu lassen. Philippe war schon immer anders. Er empfand nur sexuelle Erregung, wenn sich die Frauen dabei schlafend stellten. Und weil er wusste, dass es Lilian schwer fiel, sich die Möse lecken zu lassen, ohne dabei zu stöhnen oder sich lustvoll auf und ab zu bewegen, war seine Wahl natürlich sofort auf Philippe gefallen, um Lilian zu erziehen. Philippe hatte sich an jenem

Abend nur deshalb auf der Party befunden, um sich selbst ein Bild von Lilians Liebeskünsten zu machen. Er hatte ein Faible für Frauen, die ihren Männern gehorchten und alles für sie taten. Und er hatte gesehen, dass Lilian bereit dazu war, alles für Damian zu tun. Und es schien so, als habe es ihr am Ende sogar Spaß gemacht.

Philippe erhob sich plötzlich. Hastig zog er sich den Reißverschluss herunter. Sein steifer Schwanz sprang förmlich aus der Hose. Er stieß ihn Lilian sofort in ihre enge Spalte und begann sie fest und hart zu stoßen. Doch sie rührte sich nicht. Nicht das kleinste Zucken war zu spüren. Wie eine schlafende Schönheit lag sie auf dem Tisch und ließ sich von ihm ficken.

♣♣♣

Damian öffnete die Tür zum Schlafzimmer. „Hier bist du also! Hast du mich denn nicht rufen hören?"

Sie schüttelte den Kopf.

„Philippe wartet unten auf dich. Er ist schon ganz ungeduldig. Komm' endlich runter..."

„Er macht mir Angst.", fiel sie ihm ins Wort. „Er verlangt von mir, dass ich völlig regungslos daliege... wie eine Tote... schlafend soll ich mich stellen. Weißt du überhaupt, wie schwer das ist!? Und wehe ich bewege mich. Dann beißt der Arsch gleich zu. Ich sag' dir, der ist nicht normal. Das ist ein Psychopath... ich habe im Internet recherchiert. Weißt du eigentlich, wie die Krankheit heißt, an der er leidet? Somnophilie. Das ist, wenn man Lust dabei empfindet, Schlafende zu ficken. Der ist total krank... bitte Damian, bitte, kann ich mich nicht lieber noch mal von den Männern auf der Gang-Bang-Party ficken lassen... so wie letztes Wochenede... das war geil... es macht mir auch nichts aus, wenn es noch ein paar mehr sind..."

„Lilian! Das war keine Bitte an dich, sondern ein Befehl, hörst du?!", zischte er sie giftig an. „Komm' endlich runter und lass mich mit deinem Gejammer in Ruhe. Ich erwarte dich in exakt zwei Minuten unten. Und zieh' deinen Slip aus. Du weißt, dass er dich immer gleich ficken will... er ist heiß auf dich und deine Fotze! Enttäusch' mich ja nicht! Sonst lernst du mich erst richtig kennen!" Damian schloss wieder die Tür und ließ Lilian alleine zurück. Er war äußerst zufrieden damit, sein Ziel nun endlich erreicht zu haben.

3

Die Cousine

In der Nähe von Madrid. Im Jahr 2009

Das aufdringliche Klingeln des Telefons hörte gar nicht mehr auf und riss ihn aus dem Schlaf. Joaquín lag auf dem Sofa und streckte sich. Sein Mittagsschlaf hatte ihm nicht gut getan. Er fühlte sich ermattet, erschlagen und ein übler Albtraum hatte seinen Schlaf getrübt. Er erhob sich. „Marta? Marta? Wo bist du, verdammt noch mal? Willst du nicht endlich ans Telefon gehen?!", schrie er in die Küche hinüber. Doch niemand antwortete. *„... wo ist die dumme Schlampe nur?..."*, ging ihm durch den Kopf. Marta hatte er nur wegen des Hauses und dem Reichtum ihres Vaters geehelicht, leiden konnte er sie nicht besonders und den schlechten, langweiligen Sex, den er mit ihr hatte, konnte man an einer Hand abzählen. Mehr als seinen ehelichen Pflichten kam er ohnehin nicht nach. Er hatte noch niemals eine so frigide Frau gesehen. Aber was tat man nicht alles dafür, um in Reichtum leben zu können? *„... was tut man nicht alles für Geld..."*, dachte er sich oft, wenn er sich in ihr ergossen hatte und dabei in ihr dümmliches Gesicht sah. Sie jedoch sah ihn an, als sei er das Beste, was ihr jemals im Leben passiert war. Sie liebte ihn und die Liebe zu ihrem Mann machte sie blind. Sie litt zwar fürchterlich darunter, dass er sie oft demütigte und wie Dreck behandelte, aber sie versuchte immer wieder, ihm zu gefallen, denn schließlich war er für sie der schönste Mann der Welt. Wenn sie ihn heimlich beobachtete, wie er unter der Dusche seinen muskulösen Körper streckte, dann wurde sie immer scharf auf ihn. Ihre Möse wurde dabei grundsätzlich nass. Doch leider hatte er nicht besonders große Lust auf Sex, sagte er zumindest immer. Er hatte sie schon oft zurückgewiesen. Aus Frust hatte sie sich selbst angefasst, um sich zu befriedigen, und dabei an ihren schönen, muskulösen, für sie doch so unerreichbaren Mann gedacht. Eines Tages dann wurde sie beim Masturbieren von ihrem liebestollen Gärtner erwischt, der ihr seit jenem Tag regelmäßig sexuell dienen musste, damit sie bekam, was ihr ihr Göttergatte verwehrte: guten, fantasievollen Sex und Orgasmen ohne Ende. Sie war wirklich außerordentlich oft so richtig rattenscharf auf ihn. Doch er verweigerte ihr seine ehelichen Pflichten, die sexuelle Erfüllung bekam sie durch ihn nicht; Befriedigung fehlte ihr gänzlich. Und wenn sie die Augen schloss und sich vorstellte, es sei Joaquín, der sie fickte, wenn sie dem Gärtner ihren Arsch hinhielt, dann fühlte sie sich auf irgendeine Art und Weise dadurch sexuell befriedigt. Sie war fest davon überzeugt, Joaquín würde sie eines Tages so sehr lieben, wie sie ihn. Dass er mit ihr nur des Geldes wegen liiert war, wusste sie. Doch sie hoffte, seine Gefühle für sie würden sich eines Tages doch noch ändern.

Joaquín erhob sich von der Couch. Vergeblich hatte er nach Marta gerufen. Sie hatte nicht geantwortet. Aber das Klingeln des Telefons war ohnehin bereits verstummt. „Wo ist die dumme Schlampe nur?", murmelte er leise vor sich hin und ging in die Küche.

Im selben Moment, als er die Küche betrat, kam sie aus dem Garten zurück, trat ein und schloss die Terrassentür. „Schatz, du hast nach mir gerufen?", sagte sie liebevoll und fuhr sich mit ihren Händen durch ihr schwarzes Haar, um sich das zerzauste Haar zu richten. Sie zupfte an ihrem Rock und hoffte, Joaquín würde es nicht bemerken.

Da ihr Ehemann jedoch kein Interesse an ihr zeigte, fiel ihm das natürlich auch nicht auf. Er ging zum Kühlschrank, holte sich ein Bier heraus und trank die Flasche in einem Zug leer. Er rülpste. „Wann gibt's eigentlich Essen?", fragte er lieblos.

„In einer halben Stunde, Schatz.", antwortete sie liebevoll. „Liebst du mich eigentlich, Schatz?", fragte sie ihn ganz unerwartet.

„Ja, ja...", erwiderte er trocken.

„Willst du mit mir schlafen?" Sie lächelte ihn verführerisch an und wartete auf eine Antwort.

„Was? Jetzt?"

„Ja. Wieso denn nicht?" Sie warf ihm einen Luftkuss zu und leckte sich mit der Zunge über die Lippen. In diesem Moment sah sie wirklich sehr verrucht aus.

„Spinnst du! Es ist nachmittags um drei und ich habe Hunger! Koch' lieber endlich was, damit ich was Gescheites auf den Tisch bekomm', anstatt an solchen Blödsinn zu denken!", zischte er sie verständnislos an. Er hatte einfach keine Lust auf sie. Sie erregte ihn sexuell nicht ein kleines Bisschen.

„Aber wenn man sich liebt, ist es doch egal, wie spät es ist... wenn man sich seinen Gelüsten hingeben will, dann..."

„Lass mich mit deinem dummen, geschwülstigen Geschwätz in Ruhe, Marta!", fiel er ihr ins Wort. „Koch lieber endlich was."

„Wieso hast du keine Lust mehr, mit mir zu schlafen, Joaquín? Liebst du mich denn nicht mehr?" Ihre Stimme zitterte. „Joaquín? Willst du mir denn nicht antworten? Papa findet dein Benehmen mir gegenüber übrigens auch nicht gut..."

„Lass mich mit deinem Alten in Ruhe! Mach' mich bloß nicht wütend, sonst fängst du eine! Ich habe dein ewiges Gejammere langsam satt!"

Marta verstummte sofort. Sie wusste, dass er unberechenbar sein konnte, wenn er erst einmal in Rage geraten war. Sie war aber deshalb nie wütend auf ihn. Sie wusste, er konnte nichts dafür. Wenn er sie eines Tages lieben würde, täte ihm sicherlich leid, was er heute gesagt hatte. Daher verzieh' sie ihm diese Ausrutscher auch sofort immer wieder. Auch ertrug sie es aus Liebe zu ihm, wenn er sie schlug. Sie wusste ja, er täte es nicht mehr, sobald er sie eines Tages lieben würde. Marta hatte wirklich ein großes Brett vorm Kopf! „Liebst du mich denn nicht mehr?", fragte sie ihn ein zweites Mal und ihre Stimme brach fast. Sie war kaum zu hören. Erwartungsvoll sah sie ihn an.

Doch er wandte sich von ihr ab und verließ die Küche, ohne auf ihre Frage zu antworten. Er hatte es satt, immer wieder dieselben Fragen beantworten zu müssen, auf die es nur eine Antwort gab. Nein. Er hasste sie, aber er liebte den Luxus, also nahm er ihre lästige Anwesenheit in Kauf, um zu bekommen, was er wollte.

♣♣♣

Marta lehnte über einem Stuhl, der versteckt in der Ecke der Gartenlaube stand, und spreizte die Beine. Die Gartenlaube befand sich hinter dem Haus und lag hinter Gebüsch verborgen. Den Rock hatte sie sich über die Schenkel gezogen und mit den Händen stützte sie sich am Tisch ab. Sie stöhnte leise.

Marc hatte ihr soeben mit den Zähnen den Slip von den Beinen gezogen. Er zog ihr die Arschbacken auseinander. Genüsslich leckte er ihr mit seiner nassen, langen Zunge über den Schließmuskel. Immer wieder stieß er mit seiner Zungenspitze in ihr Arschloch. Mit den Fingern massierte er ihre Möse, streichelte ihren Kitzler. „Sag' mir, dass es dir gefällt, wenn ich dein süßes Arschloch mit meiner langen Zunge lecke?", stieß er leise aus. Er war überaus erregt.

„O ja, Marc, stoß mir deine geile Zunge ins Arschloch... das machst du *guuuuut*... ja, das macht mich total geil!", stöhnte Marta und spreizte ihre Beine noch weiter. „Leck' mir auch die Fotze... bitte... o ja... genauso ist's *guuuut*... saug' an meinen geilen Schamlippen... ja, steck' mir deine Zunge tiefer ins Loch... ja, o ja, das ist voll geil... o Mann, ich komm' gleich... ja, ja...jetzt kommt's mir gleich...", stieß sie erregt aus.

Marc saugte an ihren Schamlippen, leckte über ihren Kitzler, stieß ihr seine Zunge in ihre Vagina und bohrte seine Finger in ihr süßes Arschloch. Martas Orgasmus kam schnell und heftig. „Und jetzt fick' mich, Marc. Steck' mir deinen harten Schwanz in die Fotze."

Marc erhob sich hastig, zog sich seine Latzhosen vom Hintern, befeuchtete seine Schwanzspitze sowie Martas Arschloch mit Spucke und stieß ihr sein hartes Glied in den Anus hinein. Nun begann er, sie hart und fest in den Arsch zu stoßen. Der Tisch begann zu wackeln. Martas Brüste rieben an der Tischplatte hin und her. Sie war so heiß auf ihren Gärtner. Er gab ihr die sexuelle Befriedigung, die sie sich von ihrem Ehemann wünschte, aber nicht bekam.

Marc zog seinen Schwanz wieder heraus und stieß ihn Marta in die Möse. Er rammelte sie wie ein geiler Bock. Das Gärtnern hatte ihm bis dato noch niemals so viel Lust bereitet, wie bei seiner Herrin Marta. Sie war einfach unersättlich. Als er sie eines Tages dabei beobachtet hatte, wie sie masturbierte und sie ihn daraufhin mit heruntergelassenen Hosen beim Onanieren erwischte, hatte sie ihn gleich gezwungen, es ihr mit seinem großen, harten Schwanz so richtig gut zu besorgen. Seither musste er mindestens zweimal die Woche herhalten und seiner Herrin das Arschloch lecken, die Möse mit seiner langen Zunge bearbeiten, ihre Löcher mit seinem Riesenpenis in der Gartenlaube gut durchficken. Nur einmal hatte er sie in ihrem Ehebett gefickt, als ihr Ehemann übers Wochenende seine Cousine besucht hatte, weil er geschäftlich unterwegs war. Da durfte er seine geliebte Herrin in ihrem Bett verwöhnen. Er war so heiß auf sie und ihre liebliche Möse und ihren süßen Arsch. Er war bereit, alles für sie zu tun. Und er wartete immer förmlich darauf und fieberte dem Moment entgegen, bis es so weit war, dass sie seine Liebesdienste wieder in Ansrpuch nahm.

Am heutigen Morgen hatte er gleich bei ihrem Anblick das Gefühl gehabt, er müsse ihr wieder dienen. Er hatte es sofort an ihrem verruchten Blick gesehen, als er aus seinem Wagen ausgestiegen, und sie ihm entgegengelaufen war. *„Um zwölf in der Laube!"*, hatte sie nur gesagt. Er liebte sie und er war süchtig nach ihren sexuellen Fantasien, die er nur mit ihr ausleben konnnte.

Während er ihr immer wieder seinen harten Schwanz in die Möse stieß, bückte er sich zu ihr herunter und flüsterte ihr ins Ohr: „Darf ich kommen, Herrin?" Er leckte ihr genüsslich übers Ohrläppchen. „Meine Latte muss sich entladen, sonst explodiert sie... bitte...", bat er sie ehrerbietig.

„Noch nicht, Marc! Fick' mich noch ein bisschen kräftiger... ja, so ist's *guuuut*... halt' deinen Saft zurück, ich will ihn kosten...", stieß sie erregt aus. Sie genoss es, ihm zu befehlen.

„Ich kann es kaum noch zurückhalten, Herrin. Bitte, lass' mich abspritzen.", flehte er sie an und stieß ihr seinen Schwanz noch tiefer in die Möse.

„Na gut... ausnahmsweise darfst du jetzt schon abspritzen... aber ich will unbedingt an dir naschen...", sagte sie leise.

Marc zog sein Glied hastig aus ihrer Vagina. Sie drehte sich zu ihm, ließ sich auf die Knie fallen und nahm sein steifes Glied in den Mund. Und nun durfte er endlich abspritzen. Sie saugte ihm seinen Samen bis auf den letzten Tropfen aus dem Schwanz. „Du bläst so *gut*, Herrin, keine kann das so gut wie du." Mit beiden Händen hielt er sich an ihrem schwarzen Haar fest und stieß seinen Schwanz in ihren Mund. Sein Orgasmus kam gut und heftig. Er war süchtig nach ihr. Er zog ihr seinen Schwanz aus dem Mund, kniete sich vor ihr auf den Boden nieder und sah ihr in die Augen: „Darf ich dich küssen, Herrin? Bitte?"

„Nein, Marc! Ich verbiete es dir! Du weißt, dass ich das nicht will!", erwiderte sie leise. „Ich küsse niemanden auf den Mund, den ich nicht liebe! Und dich liebe ich nicht! Also werde ich dich auch nicht küssen! Lass' in Zukunft diese dummen Fragen." Sie klang recht verärgert. Sie wollte nur Sex, aber keine Liebe. Daher nervte sie Marcs Bitte sehr.

„Wie du willst, Herrin.", sagte er enttäuscht. „Dann küsse ich eben noch mal deine geile, süße Fotze." Er bückte sich zu ihr hinunter und leckte ihr genüsslich über die Möse. Er saugte an ihren Schamlippen und erreichte damit, dass sie nochmals geil auf ihn wurde.

„O ja, das ist gut, Marc... o ja, steck' deine Zunge in mein Loch... *jaaaa,* saug' an meinen Schamlippen... o ja, fester..."

Marc gefiel es, dass sich seine Herrin durch ihn befriedigt fühlte. Sie hatte ihm verboten, sie jemals bei ihrem Namen anzusprechen. Sie hatte ihm befohlen, sie mit Herrin anzureden. Und sie hatte ihm befohlen, sie jederzeit zu ficken, wenn es sie nach seinem Schwanz verlangte. Sie hatte aus ihm ihren Sexsklaven gemacht und er hatte es wortlos zugelassen. Er liebte sie. Daher stand er ihr willenlos mit seiner Männlichkeit zur Verfügung.

„O ja, leck' mir über den Kitzler... ja, bohr' mir deinen Finger in mein Arschloch... ja, *guuuuut* machst du das, noch tiefer... o Gott, ich komm' gleich..." Marta war sehr erregt.

Plötzlich wurden beide unliebsam bei ihrem Liebesspiel gestört.

„Marta? Marta? Wo bist du, verdammt noch mal? Willst du nicht endlich ans Telefon gehen?!", hörte Marta ihren Ehemann aus dem Haus rufen. „Ich muss gehen, Marc. Halte dich bereit. Ich komme später wieder zurück. Und dann wirst du mir meine Fotze zum Höhepunkt lecken... und ich will, dass du dich mit deinem großen Schwanz um mein Arschloch kümmerst. Und jetzt geh' wieder an die Arbeit!", befahl sie Marc und stieß ihn von sich.

Er verlor das Gleichgewicht und kippte nach hinten um. „Ich tu' alles, was du befiehlst, Herrin. Ich werde mit meinem großen Schwanz sehnsüchtig auf dich warten, bis du zurückkommst. Und dann werde ich dir die Seele aus dem Leib ficken." Er war ihr sexuell hörig.

Sie lächelte ihn an. „Du bist ein guter Sklave, Marc!", sagte sie zufrieden und strich ihm liebevoll über die Wange, dann erhob sie sich schnell, richtete ihre Kleidung, rückte ihre Frisur zurecht und eilte ins Haus.

Marc sah ihr sehnsüchtig hinterher. Er wünschte sich nichts sehnlicher, als eines Tages Joaquíns Platz einzunehmen und die Rolle des Ehemannes zu übernehmen. Er liebte Marta, doch Joaquín liebte nur ihr Geld. Aber es machte ihn glücklich, dass Marta verrückt nach seinem Schwanz war. Er wusste, dass ihr Joaquín nicht gab, was sie sich von ihm erhoffte. Und das machte ihn zufrieden.

♣♣♣

Stumm saßen sie sich gegenüber und aßen ihre Suppe. Joaquín beachtete Marta nicht im Geringsten, obwohl sie sich extra für ihn dieses sexy Kleid gekauft hatte. Es strahlte unheimlich viel Sex-Appeal aus, aber Joaquín schien das gar nicht zu interessieren. Er bemerkte es noch nicht einmal. Marta trug ihr schwarzes, langes Haar offen und die langen, dicken Strähnen fielen ihr vornüber und bedeckten ihr halbes Dekolleté. Sie saß verführerisch auf ihrem Stuhl und beobachtete ihn. Sacht rutschte sie auf ihrem Stuhl hin und her und rieb ihre Möse am harten Holz des Stuhles. Sie war so geil auf ihren Mann und hoffte, dass sie es doch noch schaffen würde, ihn zu verführen.

Aus den Augenwinkeln heraus bemerkte er plötzlich, dass sie ihn anstarrte. Er sah zu ihr auf. „Was ist?!"

„Nichts.", sagte sie leise und aß weiter. Es verletzte sie schon sehr, dass er ihr neues, rotes Kleid nicht bemerkte und es verletzte sie, dass er nicht sah, wie sehr sie ihn wollte. Sie tat wirklich alles, um ihn zu verführen. Aber es schien einfacher zu sein, ihren Putzschwamm verführen zu wollen als ihren Mann.

Plötzlich durchdrang ein lautes Gebimmel die Stille im Raum. Beide fuhren hoch. Das Telefon hatte ein wirklich aufdringliches Klingeln.

„Willst du nicht endlich hingehen?!", fegte er sie an. „Das laute Geklingle geht mir auf den Sack!"

„Geh' doch du ran! Mich ruft sowieso niemand an. Es ist bestimmt für dich." Sie war enttäuscht, dass er so war, wie er war. Bösartig und gleichgültig. „Und außerdem hat Papa gesagt, dass du..."

„Marta!" Er erhob seine Stimme. „Beweg' deinen verdammten Arsch in Richtung Telefon, sonst lernst du mich erst richtig kennen. Und diesmal nehme ich keine Rücksicht mehr auf dich!" Er hasste es bis auf den Tod, mit ihr diskutieren zu müssen. Diese Art von Diskussionen fand er immer so überflüssig, und nichts kotzte ihn mehr an als die ständigen Standpauken seines dümmlichen Schwiegervaters.

Marta erhob sich hastig vom Stuhl und verließ das Esszimmer. Sie wusste genau, dass sie ihn jetzt nicht mehr reizen dürfe. Nur ein paar Sekunden später kam sie zurück. „Es ist für dich.“, sagte sie kurz angebunden.

„Wer ist denn dran?“

„Laura.“

„Meine Cousine?“

Sie nickte. Sie sparte sich jegliche weitere Bemerkung, obwohl ihr auf der Zunge lag, ihm zu sagen, sie habe schon wieder einmal recht gehabt.

Ohne eine Sekunde länger zu zögern, sprang er vom Stuhl auf und eilte in den Flur. Marta hätte er beinahe mitgerissen, als er an ihr vorbei hastete. Er zog die Tür zum Esszimmer zu. Laut knallte die Tür ins Schloss.

Marta setzte sich wieder auf ihren Platz zurück. Sie war enttäuscht darüber, dass Joaquín keinerlei sexuelles Interesse an ihr zeigte. Dass er eben so bösartig zu ihr gewesen war, hatte sie schon wieder verdrängt. Während sie auf ihn wartete, kam ihr mit einem Mal der heutige Nachmittag wieder in den Sinn...

„Nicht so grob, Marc!“, rief sie ihm zu, als er ihr das Höschen vom Hintern riss. „Er ist weg... wir haben genug Zeit.“ Sie lachte neckisch und spreizte ihre Beine.

Marc konnte sich kaum zügeln. Er packte seinen großen Schwanz aus und schob ihn Marta, ohne zu zögern, in die feuchte, nasse Möse. Er war schon den ganzen Vormittag so spitz auf sie gewesen, dass er es kaum noch aushalten konnte. Als sie dann endlich zum Treffpunkt kam, zog er ihr wie ein wildes Tier den Slip herunter. Er war wirklich ziemlich unbeherrscht gewesen. Fest und tief stieß er ihr sein steifes Glied in die Möse.

„Stoß deinen Schwanz noch tiefer in meine Fotze...“, schrie sie ihm zu. Ihre Stimme bebte vor Erregung. „Ja, *guuut* machst du das...“ Sie stöhnte laut und grub ihre Fingernägel in seinen männlichen, muskulösen Po. Es gefiel ihr, dass er sie so hart nahm. „Und jetzt in den Arsch!“

Marc zog seinen Schwanz wieder aus ihrer Möse heraus. Sie drehte ihm geschwind den Rücken zu, hielt ihm ihren Arsch entgegen und spreizte die Beine weit. „Und stoß ihn mir tief hinein. Fick mir meinen Verstand aus dem Kopf... aber vorher will ich noch, dass du mir mit der Zunge drüber leckst... und bohr' sie tief in mein Loch...“

Marc tat, was sie von ihm verlangte. Er tat immer, was sie von ihm verlangte. Er bückte sich herunter, zog ihr die Arschbacken auseinander und leckte ihr mit der Zunge zärtlich über den Schließmuskel. Sie spürte seine große, nasse Zunge auf ihrem Arschloch und es gefiel ihr. „Und jetzt fick mich mit deinem großen, harten Schwanz! Sofort!“

Er befeuchtete die Spitze seines Schwanzes sowie ihr Arschloch mit Speichel, dann stieß er ihr sein großes Gerät in den Anus. Er fickte sie fast eine ganze Stunde in den Hintern, bis sie darum bettelte, dass er endlich abspritzen sollte. Er ergoss sich in ihr und spritzte seinen Samen in den Darm dieses zauberhaften, göttlichen Wesens. Marta war für ihn die Traumfrau schlechthin. Immer geil und sexy wie ein Vamp. Sie erfüllte all seine sexuellen Träume, die er jemals gehabt hatte. „Will die Herrin meinen Schwanz noch ablecken, bevor ich ihn wieder einpacke?“, hauchte er ihr ins Ohr.

„Ja, deine Herrin will deinen großen, harten Schwanz noch mit ihrer Zunge verwöhnen. Sie will ihm danken, dass er ihre Fotze und ihr Arschloch immer so gut befriedigt.“

Er zog ihr den Schwanz aus dem Hintern. Sie kniete sich vor ihm auf den Boden und leckte mit ihrer Zunge sanft über seine Eichel. Spielerisch ließ sie ihre Zunge auf seinem Schwanz hin und her gleiten. Sie biss ihm sanft in seine Hoden. „Deine Eier machen mich total wild!“ Sie lachte und nahm seine Hoden in den Mund. Mit der Hand rieb sie an seinem Glied, das sich bereits wieder aufgerichtet hatte. Sie ließ von seinen Eiern ab und umschloss die Spitze seines Schwanzes mit ihrem Mund. Tief schob sie sein steifes Glied in den Mund.

Plötzlich zog er sie zu sich hoch, drehte sie um die eigene Achse, drückte ihren Körper auf den Tisch und stieß ihr sein steifes Glied in die Vagina. „Ich kann einfach nicht genug bekommen von dir... von dir und deiner süßen Fotze!"

„Fick mich... fick meine geile Fotze... sie schreit förmlich nach dir.", schrie sie ihm zu. Ihre Stimme bebte vor Erregung. Sie war so geil auf ihn.

Er bückte sich zu ihr herunter und machte nun einen großen Fehler. „Ich liebe dich!", sagte er leise. Er hatte sich wirklich nichts Schlimmes dabei gedacht, auch nicht geahnt, dass Marta nun völlig ausrasten würde.

Sie stieß ihn von sich. „Sag' das nie wieder!", brüllte sie ihn wütend an.

„Wieso bist du denn auf einmal so wütend?" Ihre Reaktion traf ihn hart.

„Ich warne dich! Sag' das nie wieder. Ich ficke dich nur. Mehr ist da nicht... und mehr wird nie sein! Hast du das verstanden, Sklave?! Ich hab' dir schon Tausend Mal gesagt, dass ich dich nicht liebe. Begreif' das endlich!"

Er fühlte sich zutiefst verletzt. Er liebte sie, aber sie wies ihn ab, wollte nur seine Liebesdienste in Anspruch nehmen, mehr wollte sie von ihm nicht. Hätte er sie nicht so geliebt und wäre er nicht so verrückt nach ihr, wäre er jetzt für immer gegangen. Doch so blieb er einfach hier. Er konnte nicht anders. Er liebte sie. Er war vernarrt in sie. Er ließ sich nur aus diesem Grunde von ihr demütigen. „Bitte, Herrin, sei nicht mehr böse mit deinem Sklaven. Er wusste nicht, was er gesagt hatte. Er wollte dich nicht verärgern. Er wird das nie wieder zu dir sagen.", flehte er sie an und suchte wieder körperlichen Kontakt zu ihr. „Bitte, Marta." Es war das erste Mal, dass er es wagte, sie beim Vornamen zu nennen.

Doch sie stieß ihn von sich weg. „Sag' nie wieder Marta zu mir! Ich bin Frau Martín für dich... deine verdammte Herrin! Mehr nicht... hau' ab! Du machst mich nur wütend... und du ekelst mich an!... mach', dass du verschwindest! Sofort! Du machst mich krank... hau' ab!"

„Darf dein Sklave wenigstens noch ein letztes Mal seinen Schwanz in die Fotze seiner Herrin schieben und...?" Er versuchte, sie mit Sex wieder zu besänftigen. Doch er hatte keinen allzu großen Erfolg mit seiner Masche.

„Wenn ich wieder vögeln will, dann lass ich es dich wissen und jetzt raus hier!" Marc rührte sich nicht. Er sah sie nur stumm an. Das machte sie noch zorniger. „Mach' sofort, dass du deinen Arsch hier herausbewegst." Sie schlug ihm ins Gesicht. „Du bist daran schuld, dass ich jetzt unbefriedigt nach Hause gehen muss! Ich hasse dich!" Sie schlug ihm abermals ins Gesicht. „Wenn du es noch einmal wagen solltest, mir so etwas zu sagen, dann reiß ich dir deine Eier ab und werf' sie den Hunden zum Fraß vor! Haben wir uns verstanden?" Sie ließ den ganzen Frust und Zorn, den sie durch ihren Mann erfuhr, an ihrem Sklaven aus. Dabei bemerkte sie nicht, dass sie genauso hart und kalt demjenigen gegenüber war, der sie liebte und der es ihr auch zeigte, zumindest versuchte, es ihr zu zeigen. So wie auch sie versuchte, ihrem Ehemann zu zeigen, wie sehr sie ihn liebte. „Und? Haben wir uns verstanden?!", fragte sie nochmals bissig. Sie war erbost, weil er nicht sofort geantwortet hatte.

Er nickte.

„Dann hau' jetzt endlich ab! Und kehr' das Laub aus dem Garten!"

Gedemütigt verließ er die Gartenlaube. Er bereute sehr, ihr seine Gefühle gezeigt zu haben. Hätte er ihre Reaktion vorher geahnt, er hätte es nicht gewagt, jemals zu erwähnen, dass er sie liebe. Es schmerzte ihn sehr, dass sie ihn so abwies. Egal, wie sehr er sich bemühte, sie zeigte keinerlei Gefühle für ihn. Er kam sich langsam wirklich nur vor wie ein Sexsklave. Derweil war er auf dieses Spiel nur eingegangen, weil er hoffte, damit ihr Herz zu gewinnen. Nun machte er vor ihr den Affen und erreicht hatte er damit nichts. Er ging zum Schuppen hinüber, holte einen Rechen und machte sich auf den Weg, das Laub wegzugraben.

♣♣♣

Joaquín riss Marta aus ihren Gedanken.

„Laura kommt zu Besuch. Sie ist auf der Durchreise und bleibt für ein paar Tage." Er konnte seine Freude kaum verbergen.

Marta ärgerte es zu sehen, mit welcher Inbrunst er von Laura sprach. Sie hatte seine Cousine nur einmal gesehen. Das war auf der Hochzeit gewesen. Doch ihr war nicht entgangen, wie Joaquín um sie herumschwänzelte und ihr förmlich jeden Wunsch von den Lippen ablas. Er machte sich vor ihr zum Clown. Marta hatte ihm damals in der Hochzeitsnacht noch eine riesige Szene gemacht, doch mehr als verachtende Worte hatte sie nicht geerntet. Damals hatte sie das erste Mal erlebt, dass ihr Ehemann wütend auf sie geworden war. Er hatte ihr gedroht, sie zu schlagen, er hatte von ihr gefordert, nie wieder ein schlechtes Wort über seine Cousine zu verlieren, wenn sie nicht wolle, dass er sie totschlug. Niemals hätte sie gedacht, dass er seiner Cousine so verfallen war. Seit jenem Tag hasste sie das Miststück. Sie wusste genau, dass Laura die Situtation nur zu ihren Gunsten ausnutzte. „O... wie schön. Ich freu' mich ja wirklich schon riesig darauf.", sagte sie trocken. Die Ironie in ihrer Stimme war nicht zu überhören, doch Joaquín ließ das kalt. Marta wusste, es wäre ziemlich ungeschickt, vor ihm über Laura zu schimpfen. Außerdem lebte sie nach dem Motto: mach' dir deinen Feind zum Freund und du weißt, was er vorhat. Sie war sich sicher, dass es einen bestimmten Grund haben musste, dass Laura zu Besuch kam. Seit mehr als zwei Jahren war sie nicht mehr hier gewesen. Grundlos hatte sie sich sicherlich nicht dazu entschlossen, ihren Cousin besuchen zu kommen.

„Morgen Abend landet sie mit dem Flugzeug. Ich hole sie um acht vom Flughafen ab. Richte ihr unser Zimmer her. Wir schlafen so lange im Gästezimmer."

Marta musste schlucken. „Aber kann Laura denn nicht im Gästezimmer schlafen..."

„Marta! Ich diskutiere nicht mit dir darüber. Mach' einfach, was ich dir gesagt habe!" Joaquín war vernarrt in seine Cousine, seit er denken konnte. Keine Frau hatte er jemals so geliebt wie sie. Keine Frau hatte ihn jemals so um den Verstand gebracht. Lauras Sex-Appeal hatte ihm schon viele schlaflose Nächte bereitet und die Geilheit auf sie hatte ihn manchmal bis an den Rand des Wahnsinns getrieben. „Und zieh' dir was Anständiges an. Du siehst aus wie eine Nutte!" Verächtlich sah er auf seine Frau herab.

♣♣♣

Joaquín wartete ungeduldig im Wagen. Sehnsüchtig wartete er darauf, dass Lauras Maschine endlich landete. Sie kam mit Verspätung an, das wusste er bereits. Er war schon ganz aufgeregt und konnte es kaum erwarten, sie wieder zu sehen. Vor einigen Monaten hatte er sie ein ganzes Wochenende lang in Barcelona besucht, als er dort auf Geschäftsreise war. An diesem Wochenende war er ihr das erste Mal näher gekommen und wurde von ihr in die Künste der sexuellen Lust eingeführt.

Laura war ein richtiges Miststück. Sie wusste um die Gefühle ihres Cousins und hatte sie immer zu ihrem Vorteil ausgenutzt. Oft musste er tief in die Tasche greifen, um sie ausführen zu dürfen. Sie ließ sich einladen, sie ließ sich beschenken, sie spielte mit ihm. Sie machte ihn scharf, ohne ihn an ihre Wäsche zu lassen. Sie wollte die richtige Gelegenheit abwarten. Umsonst gab es bei ihr nichts. Als er diese reiche Frau geheiratet hatte, hatte sie ihre Chance gewittert, spielend leicht an viel Geld heranzukommen. Sie versuchte, im Leben immer den bequemsten Weg zu gehen und richtig Lust auf einen ehrbaren Job hatte sie sowieso nicht. Sie wollte sich schließlich nicht ihr Leben mit harter Arbeit versauen. Also ließ sie sich lange Zeit von ihren Eltern aushalten und besuchte die unterschiedlichsten Universitäten. Sie fing immer wieder ein Studium an und brach es nach nur kurzer Zeit wieder ab. Nach einem Streit mit ihrem Vater hatte er ihr nun endgültig den Geldhahn zugedreht. Er hatte ihr gesagt, sie solle sich endlich mal einen Job suchen und ihm und ihrer Stiefmutter nicht weiter auf der Tasche liegen. Als Laura erkannt hatte, dass sie von ihrem Vater keine finanzielle Unterstützung mehr bekäme, hatte sie Joaquín kontaktiert und ihn an jenem Wochenende zu sich eingeladen. Sie hatte ihm durch die Blume offeriert, ihren Körper besitzen zu dürfen, wenn er sich von jenem Tag an um sie kümmern würde. Alles Weitere wollte sie ihm in Barcelona erklären, während sie sich um seinen Schwanz kümmern würde, wie sie es in ihren Worten ausgedrückt hatte. Unter dem Vorwand, ein wichtiges Geschäft abschließen zu müssen, war er dann nach Barcelona geflogen. Er war vernarrt in sie und nichts hatte er sich mehr gewünscht, als sie zu besitzen.

Und dann hatte sie ihn planmäßig und nur mit der einzigen Absicht, aus ihm ihren neuen edlen Gönner zu machen, an jenem Abend verführt. Und sie war gut. Sehr gut sogar. Ihr Plan war aufgegangen. Sie hatte ihn nun in der Hand und er tat alles für sie. Wie ein dressiertes Hündchen. Als sie ihm den Vorschlag unterbreitet hatte, bei ihm während des Studiums zu wohnen und ihn dafür mindestens jeden zweiten Abend sexuell zu verwöhnen, war er sofort einverstanden damit gewesen. Seiner Frau wollte er jedoch erst zu einem späteren Zeitpunkt offenbaren, dass Laura für einen längeren Zeitraum bliebe. Also hatten beide beschlossen, sie anzulügen und als Vorwand lediglich einen Kurzbesuch vorzutäuschen. Während er Laura seinen steifen Schwanz in die Möse schob und sie rammelte wie ein geiler Bock, hatte sie ihm zudem befohlen, für die Zeit, die sie bei ihm wohnen würde, ihr sein Schlafzimmer zur Verfügung zu stellen. Er könne seine dumme Frau ja derweil ins Gästezimmer einquartieren. Schließlich wolle sie in einem bequemen Bett liegen, wenn sie sich schon um seinen Schwanz kümmern müsse und er ihre Fotze und ihr süßes Arschloch ficken dürfe. *„Und? Machst du das für deine Laura?"*, hatte sie ihn gefragt, als er tief in sie eingedrungen war. *„Ja... alles, was du willst, wirst du bekommen..."*, hatte er in seinem Liebesrausch geantwortet. Nachdem sich auch das ganze Blut in seinem Schwanz befunden hatte, war sein Gehirn fast abgestorben und lief nur noch auf Sparflamme. Daher machte er sich auch keine großartigen Gedanken darüber, was Marta dazu sagen würde, wenn er sie aus dem gemeinsamen Schlafzimmer ausquartieren würde. Aber um ehrlich zu sein, war ihm sowieso völlig egal gewesen, was sie sagen würde. Er wusste, dass er sie in der Hand hatte. Und als er auch noch angefangen hatte, sie regelmäßig zu schlagen, wenn sie ihm widersprach, gehorchte sie ihm noch besser als vorher. Seine Cousine nun im gemeinsamen Schlafzimmer einzuquartieren, war für ihn deshalb auch kein Thema. Darin sah er nun wirklich kein Problem. Und die Sache mit dem Ficken würde er schon irgendwie geheim halten können. Zumindest war er überzeugt davon, dass er es ohnehin vor seiner dummen Frau würde verstecken können.

Gedankenversunken starrte er durch die Windschutzscheibe. Daher bemerkte er auch nicht sofort, dass sich die Beifahrertür geöffnet hatte. „Hey, Joe, willst du deine Laura denn nicht begrüßen, wie es sich gehört?"

Er sprang sofort aus dem Wagen, lief um den Wagen herum, packte sie bei den Hüften, hob sie in die Luft und drehte sich mit ihr vor Freude im Kreis. Anschließend gab er ihr einen leidenschaftlichen Kuss. Feurig erwiderte sie seinen Kuss. Um in Wohlstand und in unermesslichem Reichtum leben zu können, tat sie alles. Auch wenn sie sich dafür prostituieren musste. Und wenn sie das von diesem Aspekt aus betrachtete, war es ja besser, sich für ihren Cousin zu prostituieren, als für einen völlig Fremden die Beine breitzumachen; so fuhr sie auf alle Fälle wesentlich besser, als es eine Straßenhure tat. Und wer wusste es schon, vielleicht würde sie eines Tages ja sogar als Edelnutte arbeiten. Schließlich konnte man dabei sehr viel Geld verdienen, hatte sie im Internet gelesen.

Beide stiegen nach dieser feurigen Begrüßung in den Wagen. Joaquín startete den Motor und fuhr mit quietschenden Reifen in südlicher Richtung davon.

♣♣♣

„Wie lange dauert es noch, Joe?", quängelte sie.

„Circa eine halbe Stunde.", antwortete er.

Sie zog sich wie ein Biest verführerisch den Slip von den Beinen und schob sich langsam den Rock über die Schenkel. „Wenn es doch noch so lange dauert, dann kannst du ja ein bisschen mit meiner Fotze spielen." Sie lachte und leckte sich verführerisch über die Lippen. „Sie ist nass... und hat große Sehnsucht nach dir, nach dir und deinem geilen Schwanz."

Joaquín wurde es heiß. Er fasste ihr in den Schritt. Sein Glied schwoll zu voller Größe heran und presste sich durch das Leder seiner Hose. Er zog den Reißverschluss herunter und sein erigiertes Glied sprang aus der Hose. „Blas' mir einen, Laura! Bitte."

„Und was bekomm' ich dann dafür?"

„Was du willst?"

„Dann will ich Geld für ein neues Kleid. Und neue Schuhe brauche ich auch."

Joaquín stöhnte, als sie mit der Hand an seinem Schwanz rieb. „Du bekommst so viel Geld von mir, wie du willst... dann kannst du gleich morgen in die Stadt gehen und dir kaufen, was dir gefällt..." Sie rieb schneller. Er stöhnte laut. „Bitte, nimm' meinen Schwanz in den Mund. Ich halt's kaum noch aus..."

Sie bückte sich zu ihm herunter und leckte genüsslich über seine Eichel, während Joaquín versuchte, sich auf den regen Verkehr zu konzentrieren. Es machte ihn geil, dass er von seiner geliebten Cousine während der Fahrt einen geblasen bekam. Er stöhnte immer lauter. Plötzlich nahm er die nächste Ausfahrt und fuhr auf einen nahegelegenen Parkplatz, abseits von der Hauptstraße. Er parkte seinen Wagen hinter einem großen Busch, so dass ihn die Touristen, die vorne parkten, nicht sahen. Es dämmerte bereits. „Ich muss dich ficken, sonst platz' ich. Ich kann nicht bis heute Nacht warten.", stieß er völlig erregt aus. Er packte sie am Hintern und zog sie auf seinen Schoß. Mit der Hand hielt er seinen steifen Schwanz fest, peilte ihr Loch an und stieß ihr sein erregtes Glied tief in die Möse. Sie hatten zwar kaum Platz im Wagen, aber er versuchte, sie tief und fest zu stoßen. Kräftig drang er mit seinem harten Glied immer wieder erneut in ihre Fotze ein. Er versuchte sie zu rammeln wie ein geiler Bock.

„Fick mich!", stöhnte Laura, schrie ihm die beiden Worte immer wieder laut ins Ohr und bewegte ihre Hüften auf und ab. Währenddessen sah sie durch die Heckscheibe und beobachtete zwei Männer, die neugierig zu ihnen herübersahen. Sie zog sich die Träger ihres Kleides über die Schultern, so dass der Stoff an ihren Schultern herunterrutschte und ihre prallen Brüste zum Vorschein kamen. Laura hatte die schönsten Brüste, die Joaquín jemals gesehen hatte. Während er immer wieder tief in sie stieß, wippten sie auf und ab. Laura hatte sich jedoch genau so positioniert, dass die beiden gaffenden Männer sie beim Spannen gut sehen konnten. Sie genoss es, während des Sexes beobachtet zu werden. Das machte sie geil, das turnte sie an. Sie war wild auf Voyeure. Und sie war selbst Voyeurin aus Leidenschaft.

„Siehst du, ob jemand kommt?", stieß er erregt aus und rieb seinen Schwanz an ihrer Möse.

„Nein, Joe, wir sind ganz allein. Die anderen sind dort vorne und kümmern sich nicht um uns.", log sie ihn an. „Keiner sieht, was wir hier Geiles machen.", erwiderte sie und massierte ihre Brüste, wohl wissend, von diesen beiden Fernfahrern beobachtet zu werden, die sich hinter dem Toilettenhäuschen versteckt hatten und begannen, an ihren harten Schwänzen herumzuspielen. Einer der beiden hatte sogar die Hosen heruntergelassen und rieb fest an seinem erregten Glied.

„Ich muss jetzt abspritzen, Laura... ich kann's nicht mehr zurückhalten...", stöhnte Joaquín laut.

„Spritz ab, Joe... ich komm' auch gleich...", log sie ihn abermals an und warf den beiden Männern einen Abschiedskuss zu. Als sich Joaquín in ihr ergossen hatte, rutschte sie wieder auf ihren Sitz zurück. „Lass uns fahren.", sagte sie und sah in den Rückspiegel. Sie war zufrieden, den beiden eine Show geliefert zu haben, die sie sicherlich nicht so schnell wieder vergessen würden. Joaquín startete den Motor und fuhr aus dem Parkplatz wieder heraus.

♣♣♣

Es war schon spät am Abend.

Laura war die Erste, die sich vom Esstisch erhoben hatte und ins Wohnzimmer hinüberging. Sie ließ sich auf der Couch nieder, streckte ihre langen Beine auf der Couch aus und öffnete noch einen Knopf ihrer Bluse. Der weite Ausschnitt ließ einen kleinen Einblick auf ihre schönen, prallen Brüste zu. Sie wusste genau, wie sie ihren Cousin reizen konnte, um ihn regelrecht anzuheizen. Es war sehr schwül. Mit einem Fächer wedelte sie sich kühlere Luft zu und stöhnte leise vor sich hin.

Marta hatte sich im gegenüber liegenden Sessel niedergelassen und wartete nun gespannt darauf, wo sich Joaquín hinsetzen würde. Sie hätte Wetten darauf abschließen können, dass er sich neben Laura auf der Couch niederlassen würde. Und genau so war es dann am Ende auch. Laura war sogar so kokett, dass sie ihrem Cousin sofort die Beine auf den Schoß legte. „Komm', massier' deiner kleinen Cousine die Füße! Ich befehle es dir!" Sie lachte.

Er tat natürlich sofort, was sie ihm so zuckersüß befohlen hatte.

Marta ärgerte sich sehr darüber, weil ihr Joaquín sicherlich nicht die Füße massieren würde, hätte sie ihn darum gebeten. Und wenn sie ihm befohlen hätte, es zu tun, hätte er sicherlich erwidert, sie könne ihn am Arsch lecken. Er drückte sich ihr gegenüber oft so geschmacklos aus. Aus den Augenwinkeln heraus beobachtete sie das Techtelmächtel der beiden, das sie so offensichtlich zur Schau trugen. Er massierte ihr die Füsse, er kitzelte sie, sie lachte, er lachte, beide lachten und neckten sich auf der Couch. Für beide schien Marta nicht zu existieren. Keiner von beiden nahm sie wahr.

Marta hasste Laura aus tiefstem Herzen. Sie verkörperte all das, was eine Frau haben musste. Sie war die pure Weiblichkeit in Person. Sie besaß enorm viel Sex-Appeal. Sie war ein richtiger, männerverschlingender Vamp. Marta hasste ihren schönen Körper, sie hasste ihr schönes, blondes Haar, sie hasste ihr wunderschönes, makelloses Gesicht, ihre zierliche Stupsnase, ihre strahlend blauen Augen und sie hasste es, wie sie so spielend leicht ihren Mann um den kleinen Finger wickelte. Sie hasste dieses verruchte Geschöpf auf ihrer Couch, das vorhatte, sich in ihrem Heim wie ein Parasit einzunisten.

Marta starrte das ätzende Frauenzimmer voller Neid an. Plötzlich richtete Laura den Blick auf sie und sah sie lächelnd an. Doch es war nur ein gespieltes Lächeln. Laura fühlte ihre Überlegenheit ganz deutlich. Sie wollte Martas Persönlichkeit regelrecht verschlingen. Marta erschrak und sah blitzschnell zur Seite. Sie fühlte sich mit einem Mal sehr unbehaglich.

„Holst du mir eine kalte *Coca Cola?"*, sagte Laura mit einer zuckersüßen, lieblichen Stimme zu Marta. Sie wollte wissen, wie weit sie schon gehen konnte. Sie begann in diesem Moment, ihre Grenzen auszuloten.

„Hol' sie dir doch selber! Hast doch zwei gesunde Beine.", erwiderte Marta schroff.

Martas unbedachte Bemerkung erzürnte Joaquín. Doch er reagierte nicht.

Laura beugte sich zu seinem Ohr hinunter, um ihm etwas zuzuflüstern. „Lässt du wirklich zu, dass sie so mit mir spricht? Mit deiner kleinen Cousine, die alles für dich tut? Du willst doch weiterhin meinen Arsch ficken, oder? Dann solltest du jetzt nicht so ruhig dasitzen. Bring' ihr mal ein paar Manieren bei. Du bist doch keine Lusche... sag' ihr, dass sie mir die verdammte Cola holen soll! Sofort! Sonst wirst *du* heute Nacht *ihren* Arsch ficken und nicht meinen!", flüsterte sie ihm leise zu. Es war ihre Absicht, ihn gegen seine Frau aufzuwiegeln. Also stachelte sie ihn an, ihren Wünschen nachzukommen. „Und?", sagte sie laut. „Was ist jetzt?! Bekomme ich nun, was ich will?"

Er erhob sich blitzschnell von der Couch, lief zu Marta hinüber und zog sie aus dem Sessel. Er gab ihr eine schallende Ohrfeige. „Du benimmst dich wie eine dumme Gans! Wenn meine Cousine etwas zu trinken haben will, dann wirst du in Zukunft deinen faulen Arsch bewegen und ihr was holen. Haben wir uns verstanden?"

Marta richtete ihren Blick auf Laura. Sie sah ihr in ihr lachendes Gesicht. Gedemütigt davon, dass ihr Ehemann sie vor diesem Flittchen geschlagen hatte, lief sie in die Küche und holte Laura ihr Getränk. Sie knallte es auf den Tisch, machte kehrt und ließ beide im Wohnzimmer alleine zurück.

Joaquín erhob sich und verließ hastig das Wohnzimmer. Er schlich ihr leise hinterher und sah, dass sie ins Gästezimmer hinaufging und sich dort einschloss. Durchs Schlüsselloch sah er sie weinen. Er ging leise zurück ins Wohnzimmer und ließ sich neben Laura nieder. „Jetzt sind wir endlich ungestört. Die hat sich oben eingeschlossen." Er fasste ihr in den Schritt. „Du hast ja wieder ein Höschen an... was machen wir denn da?", fragte er sie neckisch.

„Wir ziehen's deiner Cousine einfach aus... sie will dir nämlich ihre geile Fotze ins Gesicht strecken." Laura lächelte ihn verführerisch an und leckte sich mit der Zunge genüsslich über die Lippen. „Aber was machen wir mit deiner kleinen Frau? Was, wenn sie doch wieder runterkommt?"

„Keine Angst. Die kommt heute nicht mehr runter.", erwiderte er erregt. Sein Pulsschlag hatte sich fast um das Doppelte erhöht. Hastig zog er ihr den Slip von den Beinen, beugte sich zu ihr hinunter und leckte mit seiner Zunge zärtlich über die Möse. Er saugte an ihren Schamlippen, die vor Geilheit dick angeschwollen waren, er kitzelte ihren Kitzler mit seiner Zungenspitze, er stieß seine Zunge tief in ihr Mösenloch, er vergrub seinen Kopf in ihrer schönen Scham, die vor Weiblichkeit nur so strotzte.

Dabei bemerkte er nicht, dass Marta ins Wohnzimmer zurückgekommen war. Sie öffnete leise die Tür und blieb schockiert stehen. Laura drückte Joaquíns Kopf gerade fest gegen ihre Scham, ließ ihre Hüften kreisen, stöhnte, und war die Einzige, die sofort bemerkt hatte, dass Marta zurückgekommen war. Sie sah ihr lächelnd ins Gesicht. Sie fühlte sich Marta weitaus überlegen. Sie zog sich triumphierend die Träger von den Schultern, so dass ihre prallen Brüste zum Vorschein kamen. Nun massierte sie sich diese Prachtteile, zog mit ihren Nägeln an den harten Nippeln und warf Marta, die immer noch wie angewurzelt an der Tür stand, einen verführerischen Luftkuss zu. Es gefiel ihr, von Marta dabei beobachtet zu werden, wie ihr Joaquín über die Möse leckte. Nichts machte sie geiler, als von Menschen beim Sex beobachtet zu werden.

Marta stand immer noch wie versteinert an der Tür.

„Joe!", rief Laura dem Liebestollen zu. „Fick deiner kleinen Cousine jetzt ihre süße, nasse Fotze. Bring' sie zum Schreien." Sie lachte Marta dreckig ins Gesicht.

Joaquín erhob sich, rollte Laura auf den Bauch und stieß ihr sein erregtes Glied tief in die Möse. Dass ihn seine Frau dabei beobachtete, bemerkte er in seinem Rausch nicht. Er war im Rausch der Sinne gefangen. Benebelt von der göttlichen Schönheit seiner Cousine, sah er nichts anderes außer ihre geile, rasierte Fotze, ihr liebliches Arschloch, ihre weiblichen Brüste, ihre prallen Pobacken, ihre enorme Geilheit.

Marta verließ leise das Wohnzimmer. Sie fühlte sich zutiefst verletzt und von Joaquíns Cousine gedemütigt. Sie eilte ins Gästezimmer hinauf und ließ sich aufs Bett fallen. Sie vergrub ihr Gesicht im Kissen und vergoss bittere Tränen der Enttäuschung. Sie hasste sie. Und sie begann, ihn zu hassen.

♣♣♣

Marta lag im Bett und sah in die Dunkelheit hinein. Sie konnte nicht schlafen. Sie fühlte, dass er auch noch nicht schlief. Sie wusste, dass er darauf wartete, dass sie einschlief.

Joaquín erhob sich vorsichtig vom Bett.

„Wo gehst du denn hin?", fragte sie leise.

Er zuckte zusammen. „Nur pissen... schlaf' weiter!", log er sie an. Er stieg aus dem Bett und verließ das Zimmer.

Marta wartete ganze zehn Minuten, aber er kam nicht zurück. Sie erhob sich vom Bett und schlich aus dem Zimmer hinaus. Sie eilte leise in die obere Etage und kniete sich vor ihrem Schlafzimmer auf den Boden. Sie sah durchs Schlüsselloch.

Bei dem Anblick, der sie erwartete, traf sie fast der Schlag. Sie verspürte einen tiefen Schmerz in der Brust. Wie oft hatte sie sich das gewünscht, und er wollte es ihr nicht erfüllen, kam ihr in den Sinn.

Und jetzt sah sie, wie ihr Ehemann seiner verruchten Cousine, diesem verdammten Flittchen, in ihrem eigenen Bett das Arschloch und die Möse leckte. Sie hörte sie stöhnen und sich nach seinem großen Schwanz verzehren. Und sie hörte, wie sie ihren Ehemann anfeuerte, es ihr und ihrer Fotze so richtig gut zu besorgen. Sie sah, wie ihm Laura ihren Hintern entgegenstreckte, sie sah, wie sie ihre Vagina in die Höhe streckte. Plötzlich erhob sich Laura und stieg aus dem Bett. Sie ging zu ihrem Koffer und packte mehrere Gegenstände, die Marta nicht sofort erkennen konnte, aus. Sie ging zum Bett zurück und sprang hinein. „Schlag' mich, Joe!", rief sie ihm zu und streckte ihm einen Gegenstand entgegen. Nun erkannte Marta, dass es eine Peitsche war. Gleichzeitig hielt sie ihm Handschellen hin und befahl, sie zu fesseln. Joaquín tat natürlich, was ihm seine teuflische Cousine befohlen hatte. Er tat alles im Bett für sie, was sie sich wünschte. Er ließ sich seinen harten Schwanz von ihr lecken, er stieß ihr sein hartes Glied in den Mund, er ließ seine Eichel von ihr mit den Zähnen bearbeiten, er ließ sich von ihren Fingernägeln die Hoden kraulen. Er vergnügte sich im Bett mit seiner Cousine und noch niemals hatte sie solch eine Geilheit in seinem Gesicht gesehen, wenn er in den wenigen Nächten über ihr gelegen war und es ihr in weniger als nur drei Minuten besorgt hatte und so tat, als habe er nun seine ehelichen Pflichten erfüllt. Was für eine andere Wahl hatte Marta denn, als sich von Marc ficken zu lassen, um wenigstens ab und zu die Befriedigung zu bekommen, die er ihr einfach nicht geben wollte, die sie aber dringend brauchte? Tränen flossen ihr über die Wangen. Und trotzdem erhob sie sich nicht vom Boden, sondern beobachtete fast die ganze Nacht ihren Ehemann und seine Cousine, die sich ihren Gelüsten hingaben und ihren wilden Fantasien freien Lauf ließen. Erst als sich Joaquín am Morgen erhob und aus dem Bett stieg, lief sie in ihr Zimmer zurück und sprang ins Bett. Sie zog sich die Bettdecke über den Kopf.

Als er leise das Gästezimmer betrat, tat sie so, als schliefe sie. Er legte sich ins Bett und schlief in weniger als drei Sekunden ein.

Sie lag jedoch wach, bis die ersten Sonnenstrahlen durchs Fenster fielen.

♣♣♣

Am Morgen lagen sie immer noch im Bett. Joaquín schlief fest. Sich die ganze Nacht lang um seine Cousine gekümmert zu haben, hatte ihn fast bis an den Rand der sexuellen Erschöpfung getrieben. Wie ein Toter lag er neben seiner Frau, die ihn stumm betrachtete. Plötzlich erhob sie sich und stieg aus dem Bett. Sie schlich sich in die Küche, um ein Küchenmesser zu holen. Als sie eintrat, sah sie Laura am Küchenfenster stehen und genüsslich eine Zigarette rauchen. Im selben Moment, als sie eingetreten war, drehte sich Laura um.

„Liebste Marta, wie geht es dir an diesem schönen Morgen?" Sie lachte ihr frech ins Gesicht. Sie fühlte sich gut, weil sie sie gestern Abend im Wohnzimmer gedemütigt hatte. Sie wusste nicht, dass Marta auch noch die ganze Nacht vor ihrer Schlafzimmertür verbracht hatte und durchs Schlüsselloch beobachtet hatte, wie sie ihren Ehemann fickte.

„Du elende Nutte!", stieß Marta erbost aus.

„Marta, Marta, Marta... du hast wohl immer noch nicht kapiert, dass du nett zu mir sein solltest. Na ja, vielleicht haben wir zwei es ja auch falsch angepackt und sollten noch mal von vorne anfangen." Sie lachte höhnisch.

„Du elende Nutte!", stieß Marta erneut aus.

Doch Laura ließ sich nicht davon beirren. Unbeeindruckt von Martas Beschimpfungen schmiss sie die Kippe aus dem Fenster und ging langsam auf Marta zu. Sie verfolgte nun Plan B. Plan A war gewesen, ihren Cousin hörig zu machen. Plan B wäre nun, seine Frau gefügig zu machen. „Ich will, dass du für mich alles tust, was ich dir sage, aber nicht, weil er dich schlägt, wenn du es nicht tust. Nein. Ich will, dass du dich nach mir und meiner Fotze verzehrst... ich will, dass du leidest, wenn du nachts alleine im Bett liegst, weil er sich gerade mit mir vergnügt und mir die Seele aus dem Leib fickt... ich will, dass du dir wünschen würdest, du seist an seiner Stelle und dürftest dich um meine Fotze kümmern. Hast du mich verstanden?" Sie lachte.

Marta sah sie hasserfüllt an. „Was redest du da?!"

Doch im nächsten Moment kniete sich Laura vor ihr auf den Boden und raffte ihr den Rock über die Beine. Sie zog ihr hastig das Höschen vom Hintern und leckte ihr über ihre Scham. „Spreiz' die Beine! Und Joaquíns Cousine zeigt dir eine ganz neue Welt."

Marta stand wie angewurzelt da und konnte nicht fassen, was sich gerade vor ihren Augen abspielte. Laura schob ihr die Hände zwischen die Schenkel und schob sie ihr behutsam auseinander. Marta folgte ihr wie paralysiert und stellte sich mit gespreizten Beinen vor sie hin. Und dann fühlte sie Lauras lange, nasse Zunge. *‚... o Gott...'*, dachte sie. Sie wusste überhaupt nicht, wie ihr geschah. Wie konnte sie nur zulassen, dass ihr Laura über die Möse leckte? Aber es war so schön, so geil, und sie hatte sich so sehr gewünscht, in diesem Haus von jemandem geliebt zu werden. Sie stand nur da und ließ sich ihre Möse lecken. Sie sah auf diese wunderschöne Frau herab und genoss ihre nasse, lange Zunge auf ihrer Scham. Sie stand nur da und arbeitete auf ihren Höhepunkt zu. Sie wollte einen Orgasmus haben. Und es erregte sie sehr, von einer Frau geleckt zu werden. Das war für sie eine völlig neue Erfahrung. Auch wenn sie zu Beginn versuchte, sich dagegen zu sträuben; eine innere Stimme rief ihr ständig zu: lass dich von ihr lecken, lass dich von ihr ficken, genieße ihre Zunge auf deinem Körper, lass dich in ihre Welt der Lust einführen, an den verruchten Ort entführen, wo sie dich gleich hinbringen wird.

Laura sah zu ihr auf. „Wir werden zu Dritt unseren Spaß haben, Marta. Du wirst sehen, es wird dir gefallen und du wirst dir wünschen, dass ich nie wieder dein Haus verlasse...", stieß sie leise aus. Genüsslich leckte sie Marta über die Schamlippen, saugte wild daran und stieß ihr ihre heiße Zunge in ihr enges Mösenloch. Marta stand nur da, hielt ihre Beine gespreizt und stöhnte. Die Geilheit hatte sie überkommen und sie konnte sich nicht dagegen wehren. Sie ließ es ohne Gegenwehr zu, dass ihr Joaquíns verruchte Cousine die Scham leckte und gleichzeitig ihre Finger in ihr enges Arschloch schob, um sie zu stimulieren und ihr einen Multiorgasmus zu bescheren. Als Marta zum Höhepunkt kam, erhob sich Laura wieder vom Boden. Sie hauchte ihr ins Ohr: „Das nächste Mal bist du dran, geliebte Marta!"

Sie verließ die Küche und ließ die völlig verstörte Marta alleine zurück.

♣♣♣

Lauras Plan war nicht nur, ihren Cousin hörig zu machen, sie wollte auf Nummer sicher gehen und sich Marta auch noch erziehen, wie sie es selbst im Spaß nannte. Der erste Schritt war, sie hörig zu machen, der zweite war dann ganz einfach. Wenn sie das erreichte, dann hätte sie ein unbeschwertes Leben bis ans Ende ihrer Tage. Zumindest hatte sie es sich so vorgestellt.

Sie steckte Marta beim Abendessen unbemerkt einen kleinen Zettel zu.

Komm' heute Nacht in mein Zimmer!

Ich warte auf dich.

Laura

Laura wusste, dass Marta kommen würde. Sie hatte wohl gesehen, dass es ihr gefallen hatte, als sie ihr am Morgen ihre Fotze geleckt hatte. Sie hatte gemerkt, wie viel Geilheitssaft sie abgespritzt hatte, als sie zum Orgasmus gekommen war. Laura war sich sicher, dass Marta jetzt schon süchtig nach einem erneuten Orgasmus dieser Dimension war, den ihr nur Laura mit der Zunge bescheren konnte. Genauso einen geilen wie am Morgen. Joaquín hatte sie ebenfalls einen Zettel zugesteckt, in welchem sie ihm mitgeteilt hatte, dass sie Migräne habe und heute Nacht ihre Ruhe vor ihm haben wolle. Sie wusste, er würde sich daran halten und sie nicht im Schlafzimmer aufsuchen.

Es war Nacht. Laura lag im Bett und wartete.

Plötzlich hörte sie, wie sich leise die Tür öffnete, jemand eintrat und hinter sich die Tür wieder schloss.

Sie knipste die Nachttischlampe an und erblickte Marta am Fußende ihres Bettes. „Ich wusste, du würdest kommen." Sie lachte ihr verführerisch ins Gesicht.

Marta stand regungslos vor ihrem Bett und sah sie nur an. Sie war sich immer noch nicht sicher, ob es richtig war, was sie da gerade tat.

„Na komm', ich zeig' dir meine Welt der Lüste... du wirst nicht mehr zurück wollen, wenn du sie einmal betreten hast, wenn du die Lust der Frauen untereinander kennengelernt hast. Und glaub' mir: ein bisschen Bi schadet nie, sondern belebt das Sexleben enorm... du wirst sehen." Laura zog Marta zu sich ins Bett. Sie zog ihr das Nachthemd über den Kopf und küsste zärtlich ihre Brüste. Sie leckte über ihre harten Nippel, saugte an ihnen wie ein kleines Kind an der Mutterbrust. Marta ließ es ohne Widerrede geschehen. Sie war sehr erregt, als sie Lauras Zunge auf ihrer Haut spürte, als sie ihre Zähne auf ihren harten Brustwarzen fühlte. Sie wurde nass.

Laura leckte ihr über den Bauch bis zum Bauchnabel hinunter, bis ihre nasse, lange Zunge ihre Scham berührte. Sie leckte ihr über die Schamlippen, saugte kräftig an ihnen und stieß ihr die Zungenspitze ins Mösenloch. Gleichzeitig führte sie ihren Zeigefinger in Martas enges, süßes Arschloch, um sie noch mehr anzuheizen. Sie wollte, dass sie sich im Rausch der Sinne verlor.

Bevor Marta zum Orgasmus kam, ließ Laura von ihr ab. Marta stöhnte. „Leg' dich hin!", befahl ihr Laura und setzte sich mit ihrer Scham auf ihr schönes Gesicht. „Steck' mir deine Zunge in die Fotze, während ich dich zum Höhepunkt leck'. Das ist geil... o ja, gut machst du das... wir lecken uns jetzt beide gleichzeitig zum Orgasmus... o ja, du lernst schnell, mein kleines, geiles Luder..." Laura ließ ihre Hüften auf Martas Gesicht kreisen und genoss die Zunge auf ihrer Möse, auf ihren Schamlippen, auf ihrem Kitzler. Gleichzeitig stieß sie Marta ihre Zunge tief ins Mösenloch und bescherte ihr dieselben Wonnen, die sie ihr durch ihre Zunge zukommen ließ. Als beide gleichzeitig zum Orgasmus kamen, holte Laura einen Gummistab aus ihrem Nachtkästchen hervor, der an beiden Enden mit einem großen Gummischwanz bestückt war. „Und jetzt ficken wir uns die Seele aus dem Leib." Sie setzte sich gegenüber von Marta aufs Bett, spreizte ihre Beine und schob sich ein Schwanzende in die Möse. „Und jetzt du."

Marta war von ihrem Multiorgasmus noch so benommen, dass sie, ohne zu mucken, tat, was ihr dieses verruchte Weibsbild befahl, zu der sie sich nachts ins Bett geschlichen hatte, um mit ihr die Wonnen der sexuellen Lust ausleben zu können. Irgendwie genoss sie es, sich dabei von ihr demütigen zu lassen. Wenn sie dafür mit einem solch grandiosen, gigantischen Orgasmus belohnt werden würde, könne sie das von ihr aus jeden Tag machen, dachte sie. Sie hatte es nicht für möglich gehalten, jemals mit einer Frau Sex zu haben, aber als ihr Laura am Morgen in der Küche so unerwartet über die Möse geleckt hatte, da hatte sie Blut geleckt. Es war eine geile Erfahrung, die sie bis dato noch nicht gemacht hatte.

Marta legte sich auf den Rücken und schob sich das andere Ende des Schwanzes in die Möse.

Nun begannen beide Frauen sich die Fotzen zu ficken, indem sie sich wild aufeinander zubewegten.

Sie fickten sich ihre Mösen wie wilde Tiere und stöhnten dabei laut, ohne darauf zu achten, ob man sie hören konnte.

♣♣♣

Joaquín lag wach. Er dachte angestrengt nach. *‚... sie ist doch bestimmt schon seit über einer halben Stunde weg. So lange pisst doch niemand...‘,* schoss ihm durch den Kopf.

Er erhob sich und machte sich auf den Weg, seine Frau zu suchen. Als er oben in der zweiten Etage angekommen war, hörte er ein lautes Gestöhne. Er ging dem Stöhnen nach. Es kam aus dem Zimmer seiner Cousine. Er schlich sich zur Tür. Er bückte sich und sah durchs Schlüsselloch. Er konnte nicht glauben, was er sah. Seine Frau und seine schöne Cousine lagen im Bett und stießen sich gegenseitig einen Gummiknüppel in die Möse. Rasch erhob er sich. Unüberlegt und ohne darüber nachzudenken, stürmte er ins Zimmer.

„Laura! Marta! Was macht ihr denn da?!“, stieß er schockiert aus.

Marta fuhr erschrocken hoch. Laura blieb im Gegensatz zu ihr völlig ruhig auf ihrem Kissen liegen und sah ihrem Cousin in die Augen. „Du kommst wie gerufen, geliebter Joe! Ein echter Schwanz ist mir sogar lieber als einer aus Gummi...“ Sie warf ihm einen Luftkuss zu. „Beglück’ uns mit deinem harten, geilen Schwanz.“ Sie lachte. „Na komm’ schon! Fick’ uns, geliebter Cousin!“

„Wie meinst du das? Euch beide?... gleichzeitig?“ Er sah sie fragend an.

„War es denn nicht dein sehnlichster Wunsch, einmal zwei Frauen im Bett zu ficken?“

„Doch.“, sagte er kleinlaut. Davon hatte er ihr in jener Nacht erzählt, als sie ihn das erste Mal verführt hatte.

„Dann komm’, dein Traum wird sich heute Nacht erfüllen.“

Joaquín sah Marta plötzlich mit ganz anderen Augen. In Gegenwart von Laura wirkte sie sogar ziemlich erotisch. Er dachte kurz nach, dann stieg er zu den beiden Frauen ins Bett. Es erwartete ihn die Nacht seines Lebens. Er durfte nicht nur beide in die Möse ficken, nein, auch in deren süße Arschlöcher. Sie leckten ihm gleichzeitg über die Eichel und nahmen seinen großen, harten Schwanz abwechselnd in den Mund. Es war ein unbeschreibliches Gefühl, zwei geile, nasse Zungen auf seiner Eichel zu spüren. Es machte ihn plötzlich geil, seine Frau zu ficken, während er sie dabei beobachtete, wie sie seiner geliebten Cousine die Möse leckte, an deren Schamlippen saugte und mit ihrem Kitzler spielte. Er hätte es nie für möglich gehalten, jemals Spaß am Sex mit Marta zu haben und nun hatte er es seiner geilen Cousine zu verdanken, dass sie aus seiner langweiligen Frau einen Vamp im Bett gemacht hatte. Er hatte bis zum jetzigen Zeitpunkt nicht gewusst, dass sie so gut einen blasen konnte. Eigentlich war er ja selber schuld. Er hatte ihr ja nicht die Chance gelassen, sich im Bett zu beweisen.

Nach dieser glorreichen, geilen Sexnacht ließen sich alle drei erschöpft auf den Kissen nieder, schlugen die Augen zu und schliefen Arm in Arm nebeneinander ein.

♣♣♣

Am nächsten Morgen.

Marc wunderte sich darüber, dass es im Haus immer noch so still war. Es war schon nach zehn Uhr und Marta war meistens schon um acht Uhr wach. Schließlich genoss sie es, wenn sie am Morgen noch schnell eine Nummer schoben, bevor ihr Ehemann wach wurde.

Marc wartete exakt bis elf Uhr, dann schlich er sich ins Haus. Er wusste nicht, dass Joaquíns Cousine vor zwei Tagen angekommen war. Nachdem er Marta seine Liebe gestanden hatte, hatte sie ihm verboten, die nächsten zwei Tage zu kommen. Sie wollte ihn nicht sehen. Daher hatte er auch nichts von dieser Cousine mitbekommen.

Er schlich sich in Martas Schlafzimmer hinauf und sah durchs Schlüsselloch. Er konnte seinen Augen kaum trauen. Joaquín lag nackt im Bett und hielt in einem Arm seine Frau und im anderen eine fremde Schönheit. Allesamt waren sie nackt. Das Bett war zerwühlt und zahlreiches Sexspielzeug lag auf dem Boden verstreut herum. Über einem Kissen entdeckte er eine Pferdepeitsche und ein dickes Seil, das mit einem großen Nagel an der Decke befestigt war, hing über dem Bett. Alles deutete darauf hin, dass sich die drei des Nachts vergnügt hatten und eine ziemlich heiße Nacht zusammen verbracht haben mussten. „Er hat sie also doch noch gefickt...", stieß er enttäuscht aus. Er hatte so sehr gehofft, dass dieser Tag niemals käme, denn dann hätte er sie irgendwann für sich gewinnen können. Er liebte sie und wollte ihr nicht nur als Sexsklave dienen. Aber lieber hatte er sie so als gar nicht, kam ihm in den Sinn. Enttäuscht über seine Entdeckung erhob er sich vom Boden und ging hinunter in den Garten, um seine Gartenarbeit zu erledigen, bevor seine Herrin erwachen würde und nichts wäre erledigt. Er fürchtete ihren Zorn. Er hoffte, wenn er seine Arbeit gut erledigen würde und sie mit ihm zufrieden wäre, sie ihn mit einer heißen Sexnummer belohnen würde und er wieder in der Gartenlaube ihr schönes Arschloch und ihre enge, nasse Möse ficken dürfe.

Während er das Laub zusammenrechte, dachte er an sie. Und dann hörte er sie endlich. Sie schlich sich aus dem Haus, lief auf ihn zu und drückte ihm unbemerkt einen Zettel in die Hand. „Mach' deine Arbeit gut.", sagte sie lachend und verschwand wieder im Haus.

Er faltete den Zettel auseinander.

Mein geliebter Sklave Marc,

bin heute Nacht alleine. Du darfst heute Nacht mit deinem groben, harten Schwanz meine Fotze und mein Arschloch ficken. In meinem Bett... Und wenn du mich schön leckst und meine Fotze zum Glühen bringst, und ich einen abartigen Multiorgasmus bekomme, dann erzähle ich dir vielleicht eine schöne, geile Geschichte über Joaquins schöne Cousine Laura...

Und vielleicht erzähle ich sie dir auch eines Tages, wenn sie mit uns zusammen im Bett liegt und mir währenddessen mit ihrer Zunge über die Schamlippen leckt, an ihnen saugt und du sie von hinten in den Arsch ficken darfst.

Sei pünktlich um Mitternacht da.

Deine Herrin Marta

Marc steckte den Zettel in die Hosentasche und ein irres Lächeln breitete sich auf seinem Gesicht aus. Sein Schwanz regte sich in der Hose bei dem Gedanken an zwei geile Frauen im Bett. Eine Liebesnacht zu dritt hatte er sich schon oft vorgestellt, wenn er seine Herrin beglückte. Die zweite Frau müsse dann natürlich seiner Herrin ähnlich sehen, hatte er sich gedacht. Das hatte er sich schon immer heimlich gewünscht. Die Geilheit überkam ihn. Sein Schwanz schmerzte fürchterlich. Er schwoll langsam in voller Größe an und bereitete ihm große Schmerzen der Lust, denn niemand außer ihm würde sich jetzt um seinen Schwanz kümmern. Er war geil und wollte abspritzen. Es gab nur einen Ausweg: Er musste sich selbst befriedigen. Er verschwand ganz unauffällig in der Laube, zog sich rasch die Hosen von den Beinen, fasste sich an sein steifes Glied und rieb fest daran. Dabei dachte er an seine Herrin, die heute das erste Mal ihren Namen benutzt hatte. Und er dachte daran, dass er sie heute zudem auch noch in ihrem Ehebett ficken dürfe. Dieser Gedanke erregte ihn sehr. Was könnte es noch Schöneres geben als das. Sein Orgasmus kam schnell und heftig. Sein Sperma spritzte an die Wand. Er zog sich die Hosen wieder hoch.

„Ich werde pünktlich sein, Herrin...“, murmelte er vor sich hin und ging dann seiner Gartenarbeit nach.

4

Verführe mich!

Brighton.
Chef und Sekretärin auf Geschäftsreise.
Im Jahr 1997

Rachel hatte vor knapp einem halben Jahr einen Job bei Martini Industries als Empfangssekretärin angenommen. Seit ungefähr zwei Wochen arbeitete sie nun direkt für Mister Martinis Assistenten als Sekretärin. Mister Martini war ein erfolgreicher Unternehmer mit einem außergewöhnlich männlichen Body. Er war überaus attraktiv. Natürlich hatte er eine Ehefrau und zwei Kinder. Seinen Erfolg und seinen unermesslichen Reichtum verdankte er seinem Stiefvater, der ihm das große Imperium vor einigen Jahren überlassen hatte, um sich mit seiner Mutter in der Südsee zur Ruhe zu setzen.

Seither führte er Martini Industries mit demselben Erfolg weiter. Es befand sich in seiner größten Blütezeit. Das Einzige, was ihn von seinem Stiefvater unterschied, waren die Frauen. Sein Stiefvater hatte nur eine und Martini gleich mehrere davon. Martini war hochgradig sexsüchtig. Er litt an Erotomanie. Er war zwar verheiratet, doch es reichte ihm nicht, sich nur mit seiner Ehefrau zu vergnügen, nein, er musste sich mit anderen Frauen vergnügen. Oft auch mit mehreren in einer Nacht. Dreier machten ihn besonders scharf und Orgien waren für ihn das Größte. Treue war für ihn ein Fremdwort. Lügen konnte er gut, daher konnte er seine zahlreichen Affären auch immer gut vertuschen. Er spielte zwei Rollen in seinem Leben: zu Hause war er der anständige Familienvater und im Büro war er ein *frauenverschlingender* Macho. Rachel war nicht seine erste Sekretärin, aber diejenige, die am längsten für ihn gearbeitet hatte und auch an jenem bestimmten Nachmittag im Mai aus freien Stücken sein Unternehmen verlassen hatte. Martinis Motto lautete nämlich, sich schnellstens von seinen Sekretärinnen zu trennen, sobald er sie ins Bett bekommen hatte, denn er war überzeugt davon, dass eine Sekretärin nicht mehr dieselbe Arbeitsleistung erbringen konnte, wenn sie einmal mit dem Chef im Bett gewesen war. Nachdem das Angebot an Sekretärinnen enorm groß war, hatte er auch kein Problem damit, immer wieder mit neuen Sekretärinnen versorgt zu werden. Seine Sekretärinnen wechselte er in der Tat fast so häufig wie seine Unterwäsche.

Und so trug sich Rachels Geschichte im Jahr 1997 zu.

♣♣♣

Martini hielt seit einigen Tagen wieder Ausschau nach einer neuen Sekretärin. Ständig war er auf der Suche nach Frischfleisch, wie er es selbst immer nannte. Und diesmal hieß sein neues Opfer Rachel. Sie war ihm sofort aufgefallen, als er sie das erste Mal am Empfang sitzen gesehen hatte. *„Wer ist das?"*, hatte er seinen Assistenten damals gefragt.

Seine derzeitige Sekretärin Nelly hatte er bereits mehrmals gefickt und er hatte seinem Assistenten bereits aufgetragen, sich nach einer Neuen umzuschauen, weil er mit Nelly nicht mehr zufrieden sei. Sein Assistent wusste natürlich, dass er die Knospe schon gepflückt und an ihrem Nektar gekostet hatte und nun auf der Suche nach einer neuen Knospe war, wie er die weiblichen Wesen immer zu nennen pflegte.

Martini wusste nicht, dass er in seinem Unternehmen bereits seit vielen Jahren den unantastbaren Ruf hatte, die Frauen, die für ihn arbeiteten, grundsätzlich, nachdem er sie einmal gehabt hatte, vor die Tür zu setzen. Einige Frauen hielten sich aus diesem Grunde von ihm fern, doch einige hatten sich ihm gerade aus diesem Grund angeboten, in der Hoffnung, die Ehefrau auszustechen und den Platz an seiner Seite einzunehmen. Was könnte schon schöner sein, als mit Martini in so einem Luxus zu leben? Dafür die Beine breitzumachen, nahmen sie selbstverständlich in Kauf.

Doch Martini hatte damals noch nicht geahnt, dass Rachel ein geiles Luder war und sich von allen Frauen, die er bisher gehabt hatte, bei Weitem an Intelligenz unterschied. Rachel war in seinen Augen nur das neue Opfer, das er sich gefügig machen wollte. Sein Drang nach männlicher Selbstbestätigung war enorm groß und nichts bereitete ihm eine derartig exorbitante Lust, als Frauen zu besitzen wie Kleidungsstücke. Wenn er sie nicht mehr brauchte, entledigte er sich ihrer. Wenn er sie haben wollte, dann nahm er sie sich. Und sein unermesslicher Reichtum machte es ihm leicht, sich Frauen zu angeln.

♣♣♣

Nelly lehnte am großen, schwarzen Ledersessel ihres Chefs, stützte sich mit den Händen am Arbeitstisch ab und hielt die Beine weit gespreizt. Sie stöhnte leise, als er ihr einen Kugelschreiber in den Anus schob. „Gut machst du das, Nelly. Komm', zwick deine Arschbacken fest zusammen, so dass der Kuli nicht wieder rausrutscht. Vielleicht schaffst du es ja, den Vertrag mit deinem geilen Arsch zu unterschreiben. Wenn du's schaffst, während du meinen Schwanz mit deinem Mund fickst, *ich liebe deinen geilen Schwanz* mit deinem Arschloch aufs Papier zu schreiben, dann leck' ich deine Fotze zum Orgasmus. Aber du darfst nicht die Hände dazu benutzen! Und schummeln gilt nicht. Und zur Belohnung fick' ich dir die Seele aus dem Leib. Schaffst du's aber nicht, dann musst du meinen Saft schlucken und heute Abend nachsitzen. Alleine. Und über deine Fähigkeiten beziehungsweise *Nicht-vorhandene-Fähigkeiten* nochmals intensiv nachdenken, die Ernsthaftigkeit deines Karrierewunsches hier in diesem Unternehmen vielleicht noch mal neu überdenken." Martini lachte. Er dachte sich oft demütigende Sexspielchen aus, wenn er seine Sekretärinnen bereits satt hatte und es an der Zeit war, sich eine neue auszusuchen.

Nelly versuchte nun, mit ihrem Hintern die Worte *Ich liebe deinen großen Schwanz* aufs Papier zu kritzeln, aber es fiel ihr äußerst schwer. Es erwies sich wirklich als äußerst schwierig, da ihr der Kugelschreiber immer wieder tief ins Arschloch stieß und darin verschwand, wenn sie die Spitze auf dem Papier ansetzte. Sie zog sich den Kugelschreiber dann zwar immer wieder ein Stückchen heraus und hoffte, ihr Chef würde nicht mitbekommen, dass sie schummelte. Schließlich kümmerte sie sich rührend um seinen Schwanz. Sie leckte ihm genüsslich über die Eichel, quälte seine Hoden mit den Fingernägeln, zog immer wieder fest seine Vorhaut bis zum Schwanzende zurück und spielte mit ihrer Zungenspitze an seiner kleinen Öffnung. „Mister Martini, es ist wirklich äußerst schwer mit dem Kuli zu schreiben..."

„Nichts da, Nelly! Nicht jammern. Blas' mir lieber einen... o ja, *guuuut* machst du das... nicht aufhören... gleich spritz' ich ab..." Martini stöhnte und stieß plötzlich einen lauten Schrei aus, als er zum Orgasmus kam. Er hörte sich an wie ein brüllender Löwe, der an Schizophrenie litt. Das hätte ihm sicherlich sein Psychiater erzählt, würde er denn einen aufsuchen. Seinen ganzen Saft spritzte er Nelly in den Mund. Er beobachtete sie, wie sie ihn genüsslich herunterschluckte.

„Und? Hast du alles schön brav geschluckt?", fragte er sie lachend und strich ihr sanft übers Haar, so als hätte er ein kleines Kind vor sich sitzen.

„Alles, Mister Martini. So wie Sie's mir befohlen haben." Sie leckte sich verführerisch über die Lippen. „Werden Sie zur Belohnung jetzt mein Arschloch mit Ihrem großen, harten Schwanz ficken?"

„Lass' erst sehen, was du auf den Zettel geschrieben hast."

Nelly gab ihm das DIN A 3 Blatt, doch mehr als unleserliches Gekritzel stand nicht auf dem Papier.

„Tja, Nelly, so wie es aussieht, wirst du heute Abend unbezahlte Überstunden machen müssen und darüber nachdenken, wieso du's nicht geschafft hast, mir meinen Wunsch zu erfüllen. Du darfst auch gerne üben. Dann probieren wir's morgen gleich noch mal."

Nelly setzte ihren Hundeblick auf. „Bitte, Mister Martini... ficken Sie meine Fotze mit Ihrem großen Schwanz. Sie ist schon ganz nass..."

„Nichts da! Nerv' mich nicht mit deiner Bettelei. Das Geschäft lautete, du musst das mit deinem Arsch schreiben, du hast's nicht gemacht, also geh' jetzt wieder an die Arbeit... vielleicht bist du ja morgen besser."

Nelly erhob sich gedemütigt vom Boden. Sie hasste es, wenn er sie demütigte, aber sie hoffte so sehr, dass sie es doch noch schaffen würde, ihn um den kleinen Finger zu wickeln. Am Anfang ihrer Beziehung schien das auch ganz leicht gewesen zu sein. Er fraß ihr sozusagen aus der Hand. Aber nur bis er bekam, was er wollte. Dann war er plötzlich nicht mehr so nett, hatte sie immer öfter mit solch idiotischen Spielchen gedemütigt. Da sie jedoch ihr Ziel eisern weiterverfolgte, irgendwann ein Luxusleben an seiner Seite zu führen, tat sie alles, was er von ihr verlangte, auch wenn's noch so idiotisch war. Sie schluckte für dieses Ziel ihren ganzen Stolz herunter. Gebracht hatte es am Ende jedoch nichts, da Martini schon immer unberechenbar war und mit jedem Tag ein wenig kühler zu ihr wurde. Er hatte schon längst begonnen, sich zu langweilen, doch sie hatte es nicht bemerkt.

„Übrigens, hast du den Brief an die London Company schon geschrieben?"

„Nein, noch nicht. Ich sollte mich doch um Ihren Schwanz kümmern..."

„Miss Furtado! Hören Sie mit Ihren dümmlichen Ausreden auf. Dieser Brief war wichtig. Er hätte schon längst gefaxt werden müssen. Stehen Sie nicht so blöd herum, sondern machen Sie sich endlich an die Arbeit!", fegte er sie schroff an.

„Aber, Mister Martini..."

Er ließ sie nicht zu Wort kommen. „Miss Furtado! Schluss jetzt mit den Ausreden! Machen Sie sich sofort wieder an die Arbeit. Wenn mir wieder nach Ficken ist, dann ruf' ich Sie schon. Aber solange Sie nichts von mir hören, sollten Sie das tun, wofür ich Sie bezahle! Schreiben Sie jetzt gefälligst den Brief. Ich bezahle Sie nicht fürs Blöd-Herumstehen!"

Mit Tränen in den Augen verließ sie sein Büro. Derartig gedemütigt hatte er sie bis dato noch nie.

♣♣♣

Nelly saß vor dem Computer und tippte den dämlichen Brief, auf den ihr Chef dringend wartete.

Die Tür zu ihrem Sekretariat öffnete sich und Martinis Assistent betrat den Raum. Er hielt Nellys Kündigung in der Hand. Den Auftrag, sie zu kündigen, hatte er vor knapp einer Stunde persönlich von Martini erhalten. Er hatte auch angeordnet, alles äußerst diskret zu behandeln, damit die ganze Sache kein großes Aufsehen in der Firma erregen würde. Unnötige Aufregung hasste er. Martinis Assistent hatte das schon oft getan, was er heute tun musste, und wusste daher genau, wie die abgewiesenen Liebhaberinnen von Martini, die endgültig ausgedient hatten, recht unauffällig entsorgt werden mussten.

Und so war es am Ende auch Nelly ergangen. Von einer Minute auf die andere musste sie das Gebäude verlassen. Ihr wurde fristgerecht gekündigt und sie natürlich sofort freigestellt. Eine Möglichkeit, Martini ein letztes Mal zu sprechen, bekam sie nicht. Als sie das Gebäude verließ, spürte sie noch den Kugelschreiber in ihrem Anus, den sie auf Wunsch von Martini den ganzen Tag nicht herausziehen sollte. Und so hatte wieder eine ausgediente Sekretärin die Martini Companies verlassen.

♣♣♣

Rachel saß am Empfang und telefonierte gerade mit einem Kunden.

Daher hörte sie nicht, dass Martinis Assistent ihr Empfangsbüro betrat. Erst nachdem sie aufgelegt hatte, bemerkte sie ihn. In der Hand hielt er ihre Beförderung.

„Ab sofort sind Sie die neue Sekretärin von Mister Martini. Seine Sekretärin hat soeben gekündigt." Diesen Satz hatte Martinis Assistent immer in abgewandelter Form verwendet, wenn er eine neue Sekretärin für seinen Chef eingestellt hatte. „Hier noch ein paar Tipps." Nun zählte er auf, was Martini hasste, was sie auf keinen Fall tun dürfe, wann er immer seinen Kaffee haben wollte, wie sie ihn zubereiten sollte. Kurz und gut, er hatte sie mit den Gepflogenheiten seines Chefs ein bisschen vertrauter gemacht, sie sozusagen auf ihre neue Rolle vorbereitet.

Er ging mit ihr in die oberste Etage, zeigte ihr ihr neues Büro, sagte ihr, was sie tun müsse, welche Briefe noch zu schreiben waren und welche Verträge noch Korrektur gelesen werden mussten. Dann ließ er sie allein.

Es dauerte keine fünf Minuten und Martini kam aus seinem Büro, um seine neue Sekretärin zu begrüßen. Gekonnt umgarnte er sie mit denselben Frasen, die er schon tausendmal angewandt hatte und die bei den anderen Frauen auch gut angekommen waren. Und damit war er immer erfolgreich gewesen. Spätestens am dritten Tag hatte er sie dann immer herumgekriegt. Spätestens am dritten Tag fickte er ihre süßen Arschlöcher, leckte ihre lieblichen Mösen, stieß sein erregtes Glied in deren enge, nasse Öffnungen, ließ sich seinen Schwanz von ihnen lecken, die Eichel bearbeiten, die Hoden massieren.

Doch mit Rachel schien es ein bisschen schwieriger zu sein. Sie blieb eisern und auf Distanz. Irgendwie machte sie ihm Angst. Aus unerklärlichen Gründen hatte er Respekt vor ihr. Er wagte kaum noch einen sexistischen Witz zu reißen oder einen weiteren Annäherungsversuch. Wer weiß, vielleicht war sie ja lesbisch, kam ihm in den Sinn. Wobei ihn der Gedanke an zwei Frauen sofort wieder aufgeilte.

Da Plan A bei Rachel nicht zu funktionieren schien, entschied er sich nun, zu Plan B überzugehen.

♣♣♣

„Miss Stone, ich habe soeben beschlossen, dass Sie mir am Wochenende in London bei der Bold Konferenz assistieren werden. Ich brauche Sie für die Protokollführung. Können Sie sich das einrichten?" Er sah sie prüfend an.

„Natürlich, Mister Martini.", sagte sie.

„Und Ihr Partner hat nichts dagegen, wenn Sie am Wochenende arbeiten müssen und keine Zeit für ihn haben?" Er wollte wissen, ob sie liiert war.

„Ich bin Single, Mister Martini. Ich bestimme meine Wochenenden allein. Wenn ich das ganze Wochenende arbeite, stört sich niemand daran."

Zufrieden, keinen Nebenbuhler zu haben, der sich nur unnötig aufregen würde, wenn er sie auf eine Geschäftsreise mitnahm, trug er ihr auf, welche Unterlagen sie vorbereiten musste, und welche er mitzunehmen wünschte. Er sagte ihr, in welchem Hotel er übernachten wolle, und dass sie dort zwei Einzelzimmer reservieren solle. Er sagte scherzhaft, sie solle sich nichts vornehmen, weil es ein arbeitsreiches Wochenende werden würde, und sie sicherlich nicht die Gelegenheit dazu bekäme, sich London anzusehen oder gar shoppen zu gehen.

„Kein Problem, Mister Martini. An viel Arbeit bin ich gewöhnt."

„Gut." Er ließ sie wieder allein.

♣♣♣

Martini und Rachel saßen an der Hotelbar. Es war schon spät am Abend. Er hatte ihr den ganzen Tag über unmissverständliche, unmoralische Angebote gemacht, aber sie war auf kein einziges eingegangen. Es irritierte ihn, dass sie so eisern blieb. Er hatte den Gedanken schon aufgegeben, sie heute Nacht in seinem Hotelzimmer zu ficken. Er war sich sicher, dass er sie niemals dazu bekäme. Leichter sei es wohl, sein Kissen dazu zu bewegen, ein Gute-Nacht-Lied zu singen. Kurz vor Mitternacht wollte er sich gerade von Rachel verabschieden und ihr eine Gute-Nacht wünschen, als sie ihm ein Spiel vorschlug.

„Mitternachtsmargaritas? Was soll das sein?" Martini sah sie fragend an. Er verstand überhaupt nicht, worauf sie hinauswollte.

„Eine Margarita ist ein Cocktail, gemixt aus Tequila, Curaçao und Limettensaft. Das Glas wird zuerst in Zitronensaft getaucht und dann in Salz. So entsteht der typische Salzrand..."

„Stopp, stopp... ich weiß, was eine Margarita ist. Ich wollte wissen, was eine Mitternachtsmargarita sein soll. Davon habe ich noch nie gehört." Er nippte an seinem Martini.

Sie lachte. „Ach so..." Sie sah auf die Uhr. „In zehn Minuten ist es Mitternacht. Nach Mitternacht trinken wir Margaritas auf *Ex* und sagen nach jedem Glas, das wir getrunken haben, die Wahrheit. Wer lügt, muss ein Kleidungsstück ausziehen. Wer als erster nackt ist, hat verloren... oder gewonnen, je nachdem, aus welchem Blickwinkel man es betrachtet. Und wenn wir zu betrunken sind, um irgendetwas... na ja, Dummes zu tun, dann ist das Spiel automatisch aus." Sie grinste und warf ihm einen schelmischen Blick zu. „Aber bis jetzt war ich noch nie zu betrunken, um mich richtig gut mit meinem Spielpartner zu vergnügen." Sie lachte.

Martini verschluckte sich. Er konnte nicht fassen, was sie soeben zu ihm gesagt hatte. Die ganzen letzten zwei Wochen hatte sie seine Annäherungsversuche geschickt abgewiesen, den ganzen heutigen Tag hatte er es nicht geschafft, sie dazu zu bewegen, etwas freizügiger zu werden und nun schlug sie ihm ein Spiel vor, das darauf hinauslief, dass man am Ende nackt war. „Aber wir können uns doch hier nicht ausziehen... außerdem schmeißen die uns sowieso bald aus der Bar. Sie sehen ja, dass die schließen wollen..."

„Aber, Mister Martini, dachten Sie wirklich, ich will das Spiel hier unten mit Ihnen spielen?" Sie lachte ihn an und öffnete den obersten Knopf ihrer Bluse. Sie wusste, wie sie ihn reizen konnte. Verführerisch leckte sie sich über die Lippen. Breitbeinig saß sie auf ihrem Hocker. „Ich dachte, wir spielen es in meinem Zimmer."

Martini wurde es plötzlich heiß. „Sieh einer an... die ganze Zeit schon versuche ich dich rumzukriegen und du tust rum wie eine Jungfrau. Und jetzt soll ich mit dir auf deinem Zimmer spielen... nackt... wenn ich so recht überlege... Mitternachtsmargaritas und ein geiles Luder... ein wirklich schönes Spiel."

„Aber, Mister Martini, ich habe doch nicht gesagt, dass wir was Unanständiges in meinem Zimmer tun werden. Ich will mit Ihnen nur ein paar Mitternachtsmargaritas trinken... um ein bisschen mehr über Sie zu erfahren. Und wenn Sie mich anlügen, dann müssen Sie ein Kleidungsstück ablegen... und wenn ich lüge, zieh' ich was aus... das heißt ja noch lange nicht, dass wir am Ende des Spiels nicht beide immer noch angezogen sind... vielleicht lügt ja keiner von uns beiden." Sie lächelte ihn an.

„Eins zu Null für dich, Rachel... und trotzdem glaube ich, dass du ein verdammt geiles Luder bist... tust es nur gut vor mir verstecken, deine Luderei." Er versuchte, ihr an den Hintern zu fassen, doch sie stieß ihn sanft, aber bestimmt von sich.

„Nicht so voreilig, Mister Martini." Sie stieg vom Hocker. „Ich glaube eher, der Unanständigere von uns beiden sind Sie..." Sie lachte abermals. „Und? Lust auf ein paar Mitternachtsmargaritas?"

„Klar."

„Dann sag' ich jetzt dem Barkeeper, was wir brauchen." Sie bückte sich über die Bar. Dabei wurde ihr kurzes Röckchen hochgezogen und somit noch kürzer, als es eh schon war. Man konnte nun auch noch ein bisschen etwas von ihrem wunderschönen, prallen Arsch sehen. Martini starrte ihr auf den Hintern. Er fühlte, wie sich sein Schwanz in der Hose regte.

„Wir sollen schon mal raufgehen. Der Barkeeper bringt uns gleich aufs Zimmer, was wir für unsere Mitternachtsmargaritas brauchen." Sie sah auf die Uhr. „Und in exakt zwei Minuten ist Mitternacht. Kommen Sie!"

Sie ging ihm voraus zum Aufzug.

Er wurde das Gefühl nicht los, dass die frigide Rachel ein ganz schön geiles Luder war.

Er folgte ihr auf ihr Zimmer.

♣♣♣

Sie saßen auf der Couch. Sie saß mit gespreizten Beinen da. Er konnte ihr auf den Schlüpfer schauen. Er wusste, dass sie sich absichtlich so breitbeinig hingesetzt hatte, um ihn anzumachen. Sie mixte die ersten beiden Mitternachtsmargaritas. Sie reichte ihm das Glas. „Also, auf *Ex* runterschlucken und dann müssen Sie ein Geheimnis von sich preisgeben. Erzählen, was niemand weiß. Aber es muss wahr sein. Sonst müssen Sie sich die Hosen ausziehen."

Martini gefiel das Spiel. Beide tranken ihre Margaritas. Er sah sie an. „Ich habe meine Frau noch niemals betrogen. Ich bin normalerweise nicht so... aber Sie treiben mich dazu, Dinge zu tun, die ich noch niemals getan habe..."

„Das ist eine Lüge!", schrie sie lachend. „Nelly haben Sie gefickt. Sie hat's mir erzählt... und ich habe sie beneidet."

Er lachte. „Sag' mal, du bist ja eine ganz schön durchtriebene Schlampe, muss ich feststellen."

„Ausziehen!", schrie sie.

„Und was?"

„Die Hosen und das Hemd!"

„Was? Beides?! Ich dachte, immer nur ein Kleidungsstück!"

„Ja, schon, aber für diese Lüge müssen Sie zwei ausziehen. Meine Regeln, verstehen Sie. Wenn Sie nicht mehr mitspielen wollen, müssen Sie's nur sagen! Dann hören wir sofort auf." Sie grinste ihn verführerisch an. Sie hatte wirklich viel von einem *männerverschlingenden* Vamp an sich.

„Na gut. Ihre Regeln. Wenn Sie meinen..." Martini erhob sich und zog sich die Hosen und das Hemd aus. Er saß nun nur noch mit seinem Männerslip bekleidet auf der Couch. „Und jetzt Sie."

Rachel schluckte ihre Margarita herunter. Sie richtete einen verruchten Blick auf ihn. „Ich habe einen Freund."

„Ich dachte, Sie sind Single?" Er stutzte.

„Klar. Das war ja auch eine Lüge... oder wollen Sie, dass ich am Ende die Einzige von uns beiden bin, die sich nicht ausziehen musste?"

„Verstehe...", murmelte er lachend. „Und was ziehen Sie sich jetzt aus?"

„Den Slip."

Er musste schlucken. „Oh... das ist gut...", stammelte er erregt. Sein Glied hatte sich schon längst zu seiner vollen Größe aufgerichtet und presste sich durch den Stoff seiner Unterhosen.

Rachel bemerkte das natürlich sofort. Sie zog sich den Slip von den Beinen und warf ihn auf den Tisch. Den Rock zog sie sich über die Schenkel hoch. Weit spreizte sie die Beine. Er konnte ihre rasierte Möse sehen. Seine Augen konnte er kaum von diesem wunderbar roséfarbenen Fleisch abwenden. Dieser Anblick war einfach zu göttlich. Ihm wurde heiß.

Sein steifer Schwanz schmerzte vor Geilheit. Am liebsten hätte er sie jetzt angefasst, das zarte Fleisch ihrer lieblichen Möse berührt, ihren Kitzler massiert, an ihren Schamlippen gesaugt, ihr mit der Zunge darüber geleckt, um das süße Nass ihrer Möse aufzulecken, ihr seine lange Zunge tief in die Möse geschoben. Ja, das alles hätte er jetzt am liebsten getan, doch wie angewurzelt blieb er sitzen und bewunderte nur starr die sinnliche Schönheit ihrer wollüstigen Scham, die sie so offen vor ihm zur Schau trug. Sie berührte ganz leicht mit ihrer Hand ihren Venushügel, streifte nur sacht über die Haut und strich sanft über das weiche Fleisch, um ihn zu animieren. Sie lachte ihm zu. Ihr verruchter Blick machte ihn rasend vor Erregung. Und nun leckte sie sich auch noch genüsslich über ihre Finger, die so zart das Fleisch ihrer Wollust berührt hatten und in den Saft ihrer Geilheit eingetaucht waren.

„Gefällt Ihnen meine Fotze?"

Er nickte.

„Schön." Mit weit gespreizten Beinen mixte sie die nächsten beiden Margaritas. Sie reichte ihm das Glas. Beide tranken die Margaritas wieder auf *Ex*.

„Und?" Sie sah ihn erwartungsvoll an. „Welche Lüge werden Sie mir jetzt auftischen?"

„Noch keine Frau hat mich so heiß gemacht wie du!", stieß er erregt aus.

„Was für eine Lüge!", sagte sie lachend. „Los! Runter mit den Unterhosen!" Sie fasste sich in den Schritt und begann, sich vor ihm die Möse zu massieren.

Sein Herz schlug schneller, als er das sah. Er streifte sich hastig die Unterhosen von den Beinen. Nun saß er nackt vor ihr. Sein erregtes Glied war voll aufgerichtet. Es war groß und es war hart und es wartete darauf, eine feuchte Möse zu beglücken.

„Wollen Sie noch eine Margarita? Oder wollen Sie lieber meine Fotze ficken?" Sie begann laut zu stöhnen, während sie sich kräftig über die Schamlippen strich.

„Deine Fotze ficken, du geiles Luder!", stieß er laut aus. Er erhob sich hastig. Er war mächtig geil auf seine kleine, verruchte Sekretärin.

Doch sie stoppte ihn. „Halt! Bleiben Sie sitzen! Zuerst trinken wir noch die letzte Margarita. Und erst wenn Sie mir eine richtig gute Lüge auftischen, dann dürfen Sie mich ficken." Sie fuhr sich mit dem Finger in ihr Mösenloch, ließ ihren Finger ein paar Mal kreisen, zog den Finger wieder heraus, tauchte ihn in Martinis Margarita und reichte ihm das Glas.

„Du geiles Luder, du.", sagte er nur, als er ihr das Glas aus der Hand nahm. Beide setzten die Gläser an und tranken die Margaritas auf Ex aus.

„Und? Welche Lüge wirst du mir jetzt gleich erzählen? Ich hoffe, es stört Sie nicht, wenn ich Sie ab und zu duze."

Er schüttelte den Kopf. „Überhaupt nicht, du kleines, geiles Luder... also eine richtig gute Lüge?... welche Lüge sollte ich dir erzählen, damit du mit mir zufrieden bist?..." Er überlegte kurz. „Ja, das ist es!... ich liebe meine Frau über alles... keine fickt so gut wie sie." Er lachte. „Und? Gefällt dir meine Lüge!"

„Ja. Sie gefällt mir, Mister Martini. Jetzt dürfen Sie mich ficken."

Hastig erhob er sich von der Couch und sprang über den Tisch hinweg zu ihr. Er zog ihr den Rock über den Hintern. „Du hast den schönsten Arsch der Welt..."

„Schon wieder eine Lüge... Sie sind wirklich gut..." Sie streckte ihm ihren Hintern entgegen. Er zog die beiden Arschbacken weit auseinander. Er bückte sich zu ihr hinunter und leckte ihr genüsslich über den Schließmuskel. Tief schob er ihr die Zunge ins Arschloch.

Rachel stöhnte laut. Sie ließ ihre Hüften kreisen. Martinis Zunge in ihrem süßen Arschloch erregte sie sehr. „Ich will, dass du mir die Fotze leckst... mit deiner geilen, langen Zunge... o ja..." Sie stöhnte, als er ihr ein letztes Mal über die Pobacken leckte.

Er kniete sich vor Rachel auf den Boden. Sie stand über ihm und stützte ihr linkes Bein über seiner linken Schulter ab. Sie drückte ihm ihre Scham ins Gesicht. „Lecken Sie mich, Mister Martini. Stecken Sie Ihrer Sekretärin Ihre göttliche Zunge tief in ihr Fotzenloch… o ja… das machen Sie großartig… nicht aufhören… tiefer… ja, saugen Sie an meinen Schamlippen… ja, beißen Sie rein… o… o… fester… hören Sie nicht auf… lecken Sie mich…" Rachel stöhnte, während sie im Stehen von ihrem Chef zum Höhepunkt geleckt wurde. Sie war sehr erregt. „Ich bin so geil auf Sie, Mister Martini…", stieß sie laut aus und drückte ihm ihre rasierte Scham fest ins Gesicht. Seine Nase rieb an ihrem Kitzler. Ihre Stimme bebte vor Erregung. „Ich wollte Sie schon vom ersten Tag an ficken…"

Er sah kurz zu ihr auf. Ihr Geilheitssaft klebte an seinen Lippen. „Ehrlich?"

Sie lachte laut. „Nein. Das war eine Lüge. Wissen Sie nicht mehr? Wir haben Mitternachtsmargaritas getrunken. Wir dürfen nicht die Wahrheit sagen… wir müssen lügen… sonst dürfen wir nicht ficken…"

„Du Luder!" Er lachte und bohrte ihr seine Zunge erneut ins Mösenloch. Tief stieß er ihr die Zunge hinein. Sie stöhnte immer lauter. Als sie einen Orgasmus bekam, packte er sie an den Hüften, lupfte sie in die Höhe, nahm sie über die Schulter und lief mit ihr ins Schlafzimmer. Er warf sie aufs Bett. „So, du geiles Luder du, jetzt will ich, dass du dich um meinen Schwanz kümmerst. Los! Blas' mir einen!" Er hielt ihr sein erregtes Glied ins Gesicht.

„Ihr Wunsch sei mir Befehl, Mister Martini. Sie sind der Boss!… und der beste Martini, den ich jemals hatte." Sie leckte ihm mit der Zunge über die Eichel, verwöhnte sein steifes Glied mit ihrer Zunge, bohrte ihm die Zungenspitze in die kleine Öffnung, kraulte mit ihren Fingernägeln seine Hoden. Tief verschlang sie seinen Schwanz. Sie ließ ihn vollkommen in ihrem Mund verschwinden.

„Du bläst wie eine junge Göttin… du bist die Beste!"

Sie sah kurz zu ihm auf. „Was für eine Lüge! Aber bald werden Sie die Wahrheit sagen… Sie werden sehen…" Sie nahm seinen Schwanz wieder in den Mund. Ihr dunkles Geheimnis war nämlich, dass sie sich die Männer hörig machte. Nur starke Männer. Sie wollte sie brechen. Schwache Männer waren für sie Luschen und langweilten sie. Die richtige Herausforderung sah sie in starken Männern. Sie machte sie von sich sexuell abhängig und erreichte immer, was sie wollte. Und sie war gut in dem, was sie tat. Schon viele Männer hatte sie so in den Ruin getrieben, seelische Wracks aus ihnen gemacht, indem sie sie zu ihren Sexsklaven gemacht hatte. Sie hielt sie sexuell an der kurzen Leine, gab ihnen nicht, was sie brauchten, bis sie irgendwann daran zugrunde gingen. Starke Männer waren es, die sie gebrochen hatte. Und sie hatte ihren Spaß dabei.

„Ich muss abspritzen…", rief er laut. Er zog ihr den Schwanz aus dem Mund und spritzte seinen ganzen Saft auf ihrem schönen Gesicht ab. Sie leckte sich genüsslich über die Lippen.

„Und jetzt, Mister Martini, ficken Sie meine Fotze! Sie ist schon ganz heiß auf Sie… und wenn Sie mit meiner Fotze fertig sind, will ich, dass Sie sich um mein Arschloch kümmern und es richtig gut durchficken. Ich lasse Sie erst wieder gehen, wenn Sie mich zu 100% befriedigt haben, so wie es mir gefällt." Sie wusste, was sie wollte.

„Du bist ein echtes Luder… und das ist sicherlich keine Lüge, wenn ich das sage." Er wusste noch nicht, auf was für ein gefährliches Spiel er sich da eingelassen hatte.

Nachdem er eine Stunde lang mit seinem Schwanz ihre Möse und ihr süßes Arschloch bearbeitet hatte und erneut auf ihrem prallen Arsch abgespritzt hatte, ließ er sich erschöpft aufs Kissen fallen.

„Sie sind noch nicht fertig, Mister Martini!"

„Aber ich kann nicht mehr.", stöhnte er erschöpft.

„Das ist mir egal. Ich bestimme, wann Sie fertig sind! Und ich sage, wir sind noch nicht fertig, Mister Martini. Meine Regeln, verstehen Sie?!" Sie zog aus ihrem Nachtkästchen ein paar Seile und Handschellen heraus.

„Was soll denn das werden?" Er sah sie verwundert an.

„Halten Sie den Mund und tun Sie, was ich Ihnen sage... und Sie werden den Sex Ihres Lebens erleben." Sie lachte und band seine Füße am Bett fest. Mit den Handschellen befestigte sie seine Handgelenke hinter seinem Rücken. Unter dem Kissen zog sie eine Peitsche hervor. Sanft begann sie, ihn damit zu schlagen. Bei jedem neuen Schlag schlug sie fester zu. „Gefällt dir das?"

„Ja... schlag' mich... o... das tut *guuuuut*... o ja, fester..." Er stöhnte. Er war zwar erschöpft, aber das Spiel seiner Sekretärin erregte ihn sehr. Er hatte bis dato noch keine Fesselspiele im Bett gespielt. Er war bisher immer derjenige gewesen, der bestimmte, wo's langgehen sollte. Doch er musste sich eingestehen, dass es ihn schon sehr erregte, seiner Sekretärin ausgeliefert zu sein. Das war einmal eine ganz neue Perspektive, eine neue Erfahrung für ihn. Sie schob ihm plötzlich das Ende der Peitsche tief in den Anus und er konnte sich nicht dagegen wehren. Es kam für ihn völlig unerwartet. Noch nie hatte ihm irgendjemand irgendetwas in den Arsch geschoben. Er stöhnte. Einerseits wollte er nicht, dass sie das tat, andererseits erregte es ihn sehr. Während sie sein Arschloch mit der Peitsche fickte, nahm sie seinen Schwanz in den Mund und saugte an ihm, bis er sich wieder in voller Größe aufgerichtet hatte. Sie setzte sich auf sein steifes Glied und erlaubte ihm, dass er tief in sie eindrang. Langsam bewegte sie sich auf und ab. Sie ritt ihn immer heftiger, immer schneller, immer wilder. Dabei schlug sie ihm immer wieder fest auf seine Pobacken. Er schrie vor Lust, er schrie vor Schmerzen, er genoss die Behandlung seiner Sekretärin. Er genoss das Spiel. Niemals hätte er gedacht, dass es eine derart geile Nacht für ihn werden sollte, als sie ihm in der Bar vorgeschlagen hatte, Mitternachtsmargaritas zu trinken. Erst am frühen Morgen ließ sie von ihm ab. Sie band ihn jedoch nicht los, obwohl er es ihr befohlen hatte, trotz dass er sie angefleht hatte, es zu tun.

„Nein.", hatte sie stur beharrt. „Am Morgen müssen Sie mir nochmals dienen, Mister Martini. Ich habe Ihnen ja gesagt, Sie dürfen erst gehen, wenn ich mit Ihnen fertig bin. Ich erinnere Sie. Sie waren einverstanden." Sie lächelte ihn verschmitzt an. „Also bleiben Sie schön gefesselt."

„Du bist wirklich das geilste Luder, das ich jemals gefickt habe.", sagte er leise.

„Ich weiß. Und das war keine Lüge." Sie lachte. Sie schmiegte sich an seine Brust und schlug die Augen zu. Es dauerte keine zwei Minuten und beide schliefen vor Erschöpfung ein.

♣♣♣

Am nächsten Morgen fuhr er schreiend in die Höhe. Irgendetwas hatte ihn blitzschnell hochfahren lassen und brutal aus dem Schlaf gerissen. Er fühlte einen ziehenden Schmerz am Hintern. Er öffnete die Augen. Sie stand nackt vor ihm und hielt die Peitsche in der Hand. Und schon wieder krachte das kleine Ding mit voller Wucht auf seine Pobacken. Kraftvoll schlug sie auf ihn ein.

„Aufwachen, Mister Martini. Es wird Zeit, dass Sie mich wieder mit ihrem großen Schwanz beglücken."

Wie ein Vamp stand sie über ihm und hielt ihm ihre Möse ins Gesicht. „Los! Lecken Sie meine Fotze. Das ist die erste Aufgabe, die Sie heute erledigen müssen." Sie lachte und rieb ihre Schamlippen an seiner Nase. Lustvoll bewegte sie sich auf und ab.

Sie roch unheimlich gut. Sex pur, dachte er. Er streckte die Zunge heraus und leckte ihr über die Schamlippen. Er saugte an ihr. Je stärker er saugte, desto lauter stöhnte sie. Er versuchte, sie mit der Hand zu berühren, doch die Handschellen ließen es nicht zu. Er war gezwungen, sie nur mit seinem Mund und seiner Zunge zum Orgasmus zu lecken. Die Hände waren ihm mehr oder weniger gebunden. Mit den Zähnen biss er sacht in das zarte, rote Fleisch ihrer Vagina.

Sie ließ sich die Möse lecken, sie ließ sich von ihm die Zunge ins Arschloch stecken. Sie ließ sich ihr Arschloch lecken, ihre prallen Pobacken, sie ließ sich an den Schamlippen saugen, am Kitzler lecken, sanft in ihr zartes Fleisch ihrer wollüstigen Scham beißen. Sie befahl ihm, mit seinem großen, harten Schwanz ihre Möse zu ficken und sie befahl ihm, ihr süßes Arschloch zu ficken. Sie schlug ihn, sie beschimpfte ihn, sie küsste ihn, sie biss ihn, sie leckte ihn, sie kitzelte ihn.

Er bekam an diesem Tag mehrere Multiorgasmen und noch niemals zuvor hatte er eine deratig große Lust verspürt, obwohl ihm eine Frau sagte, was er tun müsse und er sich nach ihren und nicht nach seinen Wünschen zu richten hatte.

Als Rachel mit ihrem Chef fertig war, band sie ihn vom Bett los, schloss die Handschellen auf und ließ ihn gehen.

Völlig erschöpft und total befriedigt verließ er ihr Zimmer.

Als er eine Stunde später zurückkam, war sie bereits abgereist.

An der Rezeption hatte sie folgende Nachricht für ihn hinterlassen.

Ich freu' mich schon auf unsere nächsten Mitternachtsmargaritas!

Seien Sie artig, Mister Martini, und Sie werden bald wieder in den Genuss kommen.

Ihr geiles Luder

♣♣♣

Am Montagmorgen rief Martini seine Sekretärin ins Büro.

Als sie die Tür zu seinem Zimmer schloss, sprang er auf, lief um den Arbeitstisch herum, eilte auf sie zu und fasste ihr unter den Rock. „Ich will dich auf meinem Schreibtisch ficken, du geiles Luder. Komm', streck' deinen geilen Arsch her..."

Doch sie schubste ihn unsanft beiseite. „Lassen Sie das, Mister Martini. Ich bin eine anständige Frau!"

Er fing an zu betteln, doch sie ließ sich nicht überreden. Sie blieb stur. Bevor sie jedoch sein Büro verließ, sagte sie ihm mit einem Lächeln im Gesicht: „Meine Regeln, verstehen Sie... seien Sie schön artig, Mister Martini, dann trinke ich vielleicht eines Tages wieder Mitternachtsmargaritas mit Ihnen." Sie zog die Tür hinter sich zu und ließ ihren unbefriedigten Chef alleine zurück. Sie war sich sicher, dass er ab sofort alles für sie tun würde, nur um wieder in den Genuss zu kommen, sich mit ihr vergnügen zu dürfen. Dass sie gut war, wusste sie, und wie sie den Spieß umdrehen konnte, hatte sie schon von klein auf gelernt.

Rachel war aus Leidenschaft ein geiles Luder und niemand konnte ihr das nehmen. Und ein Martini schon gar nicht. Und sie hatte schon mit vielen Männern Mitternachtsmargaritas getrunken, die sehnsüchtig darauf warteten, dass sie wieder eine Nacht lang mit ihnen diesen Cocktail trank und ihr Spiel mit ihnen spielte.

Hätte Martini gewusst, dass er sich an ihr die Finger verbrennen würde, wäre er wohl nicht auf ihr Spiel eingegangen. Aber nun war es schon zu spät. Wie ein sabbernder Hund saß er hinter seinem Schreibtisch und wartete sehnsüchtig darauf, dass sie wieder mit ihm spielte. In seiner Hausbar hatte er auf alle Fälle immer Zitronensaft, Salz, Tequila, Curaçao und Limettensaft griffbereit dastehen, um jederzeit bereit zu sein, mit seiner Sekretärin Mitternachtsmargaritas zu mixen.

Und so hatte Rachel geschafft, was all ihre Vorgängerinnen nicht geschafft hatten. Sie hatte ihn gezähmt.

Und das hatte bis dato noch keine von ihnen erreicht.

♣♣♣

Rachel betrat das Büro ihres Chefs. „Lust auf ein paar Mitternachtsmargaritas?", fragte sie lachend und leckte sich verführerisch über die Lippen.

Sting sprang von seinem Schreibtisch auf, eilte auf sie zu und packte sie an den Hüften. „Immer!", stieß er erregt aus. Er zog ihr den Rock über die Schenkel und fasste ihr in den Schritt. „Und wo? Bei dir? Oder bei mir?"

„Bei Ihnen, Mister Sting.", antwortete sie lachend und spreizte die Beine. Sie hatte ihn sich nach der Geschäftsreise am letzten Wochenende gefügig gemacht.

Und dazu hatte sie nichts weiter benötigt als ein paar Mitternachtsmargaritas.

5

Die Orgie

In der Nähe von Berlin.
Einladung zur Halloween-Party.
Im Jahr 1998

Im Sommer 1998 hatten Melanie und Martin das Ehepaar Sandra und Thomas während eines Urlaubs kennengelernt. An ihrem letzten Abend hatten sie das Paar in einer kleinen Bar in Barcelona getroffen. Durch Zufall hatten sie erfahren, dass Sandra und Thomas auch aus der Nähe von Berlin waren. So war man sofort ins Gespräch gekommen. Der Abend war nett verlaufen, man hatte Adressen ausgetauscht und sich kurz nach Mitternacht getrennt. Vereinbart hatte man jedoch, sich wieder an Halloween zu sehen. Sandra und Thomas veranstalteten jedes Jahr eine große Party. Da Melanie und Martin nun zu ihren neuen Freunden zählten, und man sich auf der Party immer darauf freute, Frischfleisch präsentiert zu bekommen, war es natürlich unumgänglich, die beiden einzuladen.

Pünktlich Mitte Oktober kam dann die Einladung per Post. Sandra und Thomas hatten sich sehr viel Mühe gemacht. Das Pergamentpapier roch nach Rosenblütenduft und die Goldschrift war in Altdeutsch verfasst. Die Pergamentrolle war mit einer roten Kordel zusammengebunden und wog über 500 Gramm.

Die Rolle war noch verschlossen. Melanie wollte sie erst öffnen, wenn Martin nach Hause käme. Sie wollte mit ihm zusammen diesen schönen Brief öffnen.

Als Martin gekommen war, setzten sie sich nach dem Abendessen gemütlich ins Wohnzimmer und öffneten zur Feier des Tages eine Weinflasche. Melanie las den Brief laut vor.

Liebste Gäste,

unsere lieben Freunde,

dieses Jahr können wir wieder zwei neue, liebe Menschenkinder auf unserer Party begrüßen und herzlich Willkommen heißen, was das absolute

Highlight des Abends werden soll. Lust pur wird uns alle erwarten!

Wir bitten euch, Melanie und Martin zuckersüß zu behandeln und euch um die beiden rührend zu kümmern, während wir weg sind, und zwar mit derselben Aufmerksamkeit, die man auch euch an eurem ersten Abend hatte zukommen lassen, als ihr in unseren Club eingewiesen worden seid. (Ich erwarte das von euch!) Sie sollen unsere Lust kennenlernen; sie kennen sie sicherlich in der Form noch nicht.

Das diesjährige Motto der Party lautet:

„Verruchte Huren zähmen ihre Zuhälter!“

Wir bitten euch, euch dementsprechend zu kleiden. Wer die Kleiderordnung nicht beachtet, darf - wie ihr wisst - an unserem Fest nicht teilnehmen. Denkt auch daran, den Slip zu Hause zu lassen! Unterwäsche braucht niemand!

Wir sind schon heiß auf euch.

Bringt viel gute, sexy Laune mit, damit unser Fest zu einem gigantischen Höhepunkt kommen kann. Jeder wird und soll sein Vergnügen dabei haben, jeder soll zu seinem ganz speziellen Höhepunkt kommen, egal mit wem, egal mit wie vielen. Pure Lust soll ihn erwarten. Aber um unser Ziel gemeinsam zu erreichen, muss jeder wieder sein Bestes geben!

Wir verlassen uns auf euch.

Wir werden euch auf alle Fälle nicht enttäuschen, denn unsere Show bringt euch die Neuen näher. Jeder von euch darf dann mal an ihnen kosten. Sie sind süß; wir haben die Frucht für euch gepflückt, vernaschen tun wir sie dann aber gemeinsam...

Wir werden in Begleitung unseres Sklaven Marc erscheinen. Er wird für uns – wie gewohnt - dann alle Vorbereitungen treffen. Auf seine lange, nasse Zunge konnten wir uns bislang immer schon verlassen...

Seid pünktlich. Ihr wisst ja, das Vorspiel braucht seine Zeit.

In Liebe und bis bald

Eure

Sandra und Thomas

P. S.: Jeder von euch darf diesmal nur einen Sklaven mitbringen.

Martin griff nach seinem Weinglas und trank es auf *Ex* aus. Er lehnte sich zurück und schloss die Augen. „Kannst du den Brief bitte noch mal vorlesen.", bat er sie mit zittriger Stimme.

Melanie las den Brief noch einmal.

„Findest du die Einladung nicht auch etwas seltsam... irgendwie komisch?", fragte er plötzlich.

„Ich weiß nicht.", erwiderte sie leise.

Beide saßen stumm auf ihrer Couch und wunderten sich über den seltsamen Inhalt dieser Einladung.

„Und wenn wir einfach nicht hingehen?", sagte sie plötzlich.

„Wir haben's aber schon versprochen. Weißt du nicht mehr? Und du siehst ja, dass sie uns sogar in ihrer Einladung erwähnt haben. Wenn wir jetzt nicht hingehen, dann sind das sicherlich längstens unsere Freunde gewesen.", antwortete er.

„Aber ich versteh' den ganzen Brief nicht. Wir haben doch überhaupt gar keinen Sklaven." Melanie sah ihn fragend an.

„Du, ich glaub', die sind irgendwie anders."

„Ja, das glaub' ich auch... und? Was machen wir jetzt?"

„Hingehen.", sagte er und erhob sich von der Couch.

„Bist du dir sicher?"

„Vielleicht wird's ja ganz witzig. Wer weiß, was uns dort erwartet. Vielleicht nicht das, was wir uns jetzt denken." Er schritt langsam auf das Fenster zu.

„Was denken wir uns denn?" Sie erhob sich ebenfalls.

„Weiß nicht."

„Aber du hast doch gesagt, *vielleicht nicht das, was wir uns jetzt denken.* Also musst du doch einen Gedanken gehabt haben, Martin. Oder hast du das nur so gesagt?" Sie hielt immer noch die Einladung in der Hand.

„Weiß nicht? Was denkst du denn?" Er sah sie erwartungsvoll an.

„Na ja, vielleicht ist das ja so was wie eine Swinger-Party. Wir haben doch letztens einen Bericht über solche Leute gesehen. Vielleicht sind Sandra und Thomas genau so."

„Keine Ahnung, Melanie." Er drehte sich wieder zu ihr. „Wir können es uns ja mal anschauen. Wenn uns einer zu nahe kommt, dann gehen wir einfach wieder. *C'est la vie...* und das war's dann. Aus die Maus mit Sandra und Thomas. Vielleicht ist's aber nicht so, wie wir's uns jetzt denken und die haben halt einfach so 'nen... na ja, seltsamen Humor. Ich würde mir schon blöd vorkommen, wenn wir uns irren würden. Die zwei waren nett."

„Du hast wahrscheinlich recht. Vielleicht ist das nicht so überzogen, wie wir jetzt denken... am Ende vielleicht ganz harmlos. Was zieht denn eine Hure so an?", fragte sie naiv. Sie ließ sich wieder auf der Couch nieder.

„Zieh' einen kurzen Rock an. Das ist sicherlich nicht verkehrt. Ein bisschen dick Schminke auftragen, dann passt es schon.", antwortete er.

„Und Zuhälter? Was tragen die?"

„Keine Ahnung.", sagte er.

„Du könntest doch deinen schwarzen Anzug anziehen. Wir borgen uns dann von Sebastian die Goldkette, dann müsste dein Outfit ja auch passen."

„Wie du meinst, Mel." Er schaltete den Fernseher ein.

„Willst du schon wieder Fernsehen schauen?!" Sie verzog ihr Gesicht zu einer Fratze.

Er nickte.

„Was kommt denn?"

„Keine Ahnung. Ich glaub', *Doctor House* kommt um acht."

„Doctor House? Den finde ich voll langweilig. Ich glaub', ich geh' ins Bett."

„Ja, tu' das, Mel. Ich komm' dann nach, wenn Doctor House aus ist." Er zappte durch das Programm, um seine Serie zu suchen.

Melanie erhob sich, gab ihm ein Gute-Nacht-Bussi und verschwand im Bad. Zehn Minuten später kam sie wieder zurück, schmatzte ihm nochmals kindlich auf die Backe und verschwand dann im Bett.

Martin saß nun alleine im Wohnzimmer und sah sich Doctor House an. Währenddessen dachte er über die seltsame Einladung nach. Er konnte sie irgendwie immer noch nicht richtig einschätzen. Irgendwie fand er das Ganze abstoßend, irgendwie reizte es ihn aber so, dass er unbedingt wissen musste, was passieren würde, wenn er mit Melanie auf diese Party ging. Alles schien so geheimnisvoll geschrieben zu sein. Sein Leben war nicht besonders aufregend. Sex gab es, wenn er Glück hatte, einmal im Monat und ansonsten passierte nicht viel. Er ging arbeiten, kam nach Hause, sah sich mit seiner Frau eine Serie oder einen Film an und dann ging er ins Bett. Am nächsten Morgen begann dann das gleiche Spiel von vorn. Zweimal im Jahr machte er mit Mel Urlaub in Spanien. Meistens hatten sie dort einmal die Woche Sex. Also das waren dann schon zweimal im Monat. Die zweideutige, eigentlich doch schon sehr eindeutige Einladung versprach irgendwie etwas Großes. Vielleicht würde einmal etwas in seinem Leben passieren, was er so schnell nicht wieder vergessen würde. Wenn er sich aber täuschen würde, dann hätte er damit nichts weiter verloren als einen weiteren langweiligen Abend in seinem Leben. Wenn er aber das versprechen sollte, was er sich heimlich dachte, aber nicht laut aussprechen wollte, dann würde er sicherlich noch lange Zeit danach darüber nachdenken.

Er zappte ein bisschen durch die Programme. Plötzlich blieb er bei *„Ruf' mich an!"* hängen. Eine nackte Schönheit rieb sich an ihrer rasierten Möse und streckte ihre prallen Brüste in die Kamera. Sie sah ziemlich verrucht aus. Wie ein Luder. Irgendwie machte ihn das an. Denn wenn er ehrlich sein sollte, war ihm der Sex einmal im Monat einfach zu wenig. Aber Melanie wollte einfach nicht öfters. Er hielt sie für frigide, aber er liebte sie. Dachte er zumindest.

Er sah vorsichtshalber noch einmal zur Schlafzimmertür, bevor er sich berühren wollte. Sie war geschlossen und kein Laut drang aus dem Zimmer. Sie schlief sicherlich schon längst. So wie immer eben.

Langsam fuhr er sich mit seiner Hand in die Hose. Sein Schwanz war hart und groß. Er presste sich gegen den Stoff seiner Jeanshose. Er öffnete hastig den Reißverschluss und holte sein erregtes Glied heraus. Fest rieb er sich an seinem Schwanz, während er die nackte Frau im Fernsehen beobachtete und sich vorstellte, wie es wäre, wenn er sie fickte. Ihm wurde immer heißer, er fühlte, dass er bald zum Höhepunkt käme. Und dann passierte es. Er konnte es, wie schon so oft, nicht mehr zurückhalten und spritzte sein ganzes Sperma auf den Teppichboden. Nachdem er seinen Orgasmus bekommen hatte, zog er sich hastig die Hosen wieder über die Beine, zog den Reißverschluss zu und sprang ins Bad. Er holte ein nasses Handtuch und rieb das Sperma vom Boden, zumindest so gut es ging. Leichte Flecken waren noch zu sehen. „Ach, das passt schon...", murmelte er vor sich hin. „Die merkt's ja eh nicht. Nicht mal, wenn ich ihr meinen Saft mitten auf die Nase spritzen würde." Er grinste.

Anschließend wusch er sich, putzte sich die Zähne und stieg zu Melanie, die tief und fest schlief, ins Bett. Er schloss die Augen und träumte von heißen Orgien. Er war so sexhungrig, aber Melanie konnte seine Wünsche einfach nicht erfüllen. Also befriedigte er sich fast jeden Abend selbst und hielt so sein unbändiges Verlangen nach Sex, seinen enormen Sexhunger, so gut es ging, unter Kontrolle. Er versuchte es zumindest. Deshalb dachte er auch, er habe es unter Kontrolle, aber er irrte sich. Während er an heißen Sex zu dritt dachte, schwoll sein Glied wieder zu seiner vollen Größe an. Er fasste unter die Decke und rieb fest an seinem Schwanz. Er atmete immer schneller. Er stöhnte. Er wurde immer lauter. Kurz bevor er abspritzen musste, schrak er zusammen.

„Martin? Was ist mit dir? Ist dir schlecht?" Melanie setzte sich auf und sah auf ihn herab. In der Dunkelheit konnte sie seine Röte im Gesicht nicht erkennen.

„Nein, nein, Mel... leg' dich wieder hin. Du hattest nur einen Albtraum."

Melanie ließ sich wieder aufs Kopfkissen sinken. Er wartete, bis sie wieder eingeschlafen war. Leise und vorsichtig rieb er an seinem steifen Schwanz, bis er gekommen war.

Erst danach schlief er ein. Und er hatte schon wieder denselben Traum: Er hatte Sex und Orgasmen ohne Ende.

♣♣♣

Melanie kam aus dem Schlafzimmer. Sie hatte ein schwarzes, kurzes Kleid an. Im Gesicht hatte sie heute mehr Schminke aufgetragen als sonst. Martin wartete im Wohnzimmer. Er hatte seinen schwarzen Anzug an. Die besagte Goldkette hing um seinen Hals.

„Und? Wie sehe ich aus?" Sie sah ihn erwartungsvoll an.

„Toll, Schatz... hast du einen Slip an?", fragte er ganz unschuldig.

„Natürlich.", erwiderte sie und tat entsetzt.

„Aber die haben geschrieben, dass wir keinen anziehen sollen.", sagte er leise.

„Aber wir können doch nicht einfach ohne Slip aus dem Haus gehen?!"

„Wieso denn nicht, Mel? Lass' uns doch einfach mal was Irres tun."

Sie sah ihn verblüfft an. „Hast du denn keine Unterhosen an?"

Er schüttelte den Kopf. „Nein. Stand ja so in der Einladung. Ich finde schon, dass wir uns danach richten sollten. Ich mein', es ist ihre Party. Wir sind nur Gäste."

Sie überlegte. „Wenn dir so viel daran liegt." Sie zog sich den Slip vom Hintern. „Dann lass ich halt meinen Slip hier."

„Danke, Schatz. Ich finde eben, wir sollten uns einfach an die Spielregeln halten. Und die lauten: Slip zu Hause lassen." Er war zufrieden. „Bist du dann fertig?"

Sie nickte.

Er griff nach seinen Schlüsseln und ging zur Haustür. „Na, dann komm'. Ich will nicht als Einziger zu spät kommen." Martin freute sich schon sehr auf die Party. Er wusste nicht, was ihn dort erwartete, aber er hoffte insgeheim, dass es mit Sex zu tun hatte, und zwar mit viel Sex. Er war so ausgebrannt und träumte schon tagsüber von wilden, heißen Orgien. Stellte sich immer wieder die geilsten Stellungen vor, die heißesten Frauen. Ja, er hatte schon viele Frauen in seinen Träumen gefickt. Melanie war nie darunter. Sie war ja schließlich eine anständige Frau. Seine Frau, um genau zu sein. Die wollte er nie in seine schmutzige Fantasie mit hineinziehen. Aber irgendwie fühlte er, dass ihn auf der Party etwas Großartiges erwartete. Und er war sich sicher, Melanie würde das auch gefallen, zumindest hatte er sich davon erhofft, dass es bei ihr eine Veränderung bewirken würde. Vielleicht einen Vamp aus ihr machte. Es würde ihm aber schon reichen, wenn sie sich in ein kleines, geiles Luder verwandeln würde. Jeden Tag Sex haben, davon träumte er. Zumindest würde ihm schon reichen, wenn es einmal die Woche wäre oder mindestens zweimal im Monat. Wie dem auch sei, er war fest entschlossen, auf dieser Party seine heimlichen Träume wahr werden zu lassen. Und er fand nicht im Geringsten, dass er seine Maßstäbe zu hoch ansetzte. Vielmehr war er überzeugt davon, dass es Melanies Pflicht wäre, sich zu ändern und sich seinen Wünschen anzupassen. Sex mache glücklich, davon war er überzeugt. Doch derzeit fühlte er sich mehr als unglücklich.

♣♣♣

Martin stand vor der Villa. „Der Wahnsinn!", stieß er fasziniert aus. Solch eine prächtige Villa hatte er noch nie von der Nähe aus betrachtet.

„Ja, ganz hübsch.", sagte Melanie. Sie hatte plötzlich Lampenfieber. Schon seit Jahren träumte sie von wilden Orgien und heißen Sexpartys. Heimlich wünschte sie sich diese Sexeskapaden. Martin war ein Mann, der keine großen Ambitionen in Bezug auf Sex hatte. Wenn sie Glück hatte, dann hatten sie vielleicht einmal im Monat Sex. Machmal ließ er sogar einen Monat ausfallen. Und im Urlaub hatte sie sogar einmal in der Woche Sex; manchmal sogar zweimal die Woche. Aber das wären dann zumindest schon einmal großartige Zweimal im Monat gewesen. Und wenn die Tage günstig fielen, hatte sie sogar dreimal im Monat Sex, weil die neue Woche noch in den alten Monat fiel. Martin sah sich fast jeden Abend immer seine Sendungen an. Irgendwelche langweiligen Serien, komische Soaps oder irgendwelche Filme, die er schon tausendmal gesehen hatte. Aus purer Langeweile ging sie dann immer schon frühzeitig ins Bett. Es hatte aber auch noch einen zweiten Grund. Fast jeden Abend masturbierte sie. Sie zog sich unter der Decke den Slip aus, spreizte ihre Beine, und fasste sich an ihre rasierte Möse. *„Ja, fick' mich. Härter! Fester! Kümmere dich um meine Titten, leck' sie, massier' sie, saug' an meinen harten Nippeln! Los, du geile Sau!"*, stieß sie dann immer leise dabei aus und stellte sich vor, von einem geilen, großen Mann genommen zu werden. Mit dem Finger fuhr sie dann grundsätzlich ihre lange, feuchte Spalte entlang und fing ihren Mösensaft auf, den sie dann genüsslich vom Finger abschleckte. Ihre Schamlippen waren dabei immer schon dick angeschwollen und vibrierten, wenn sie sich mit der anderen Hand auf ihren Venushügel schlug, leicht mit den Fingern darauf herumklopfte, um sich richtig scharf zu machen. Sie stellte sich dabei immer vor, von einer verruchten Frau oder einem muskulösen Mann geleckt zu werden. Ihre Wunschvorstellungen waren enorm fantasiereich und fantastisch. Lustvoll hielt sie ihnen dabei ihre nasse, rasierte Scham ins Gesicht und schrie, sie sollten sie härter lecken, sie mit den Zähnen zwicken, fester an ihren dicken Schamlippen saugen. Und sie schrie in ihren Träumen, man solle sich um ihre geilen Brüste kümmern, sie kneten, sie lecken, an ihren harten Nippeln ziehen. Ihre Vorstellungskraft war grenzenlos. Und am Ende steckte sie sich ihren Finger, manchmal auch zwei, tief in ihre Möse, um sich selbst zu vögeln; hart und fest, wie sie es gerne hatte. Und sie hatte eine Menge Spaß mit sich, wenn sie sich befriedigte und von geilem Sex träumte. Martin erschien niemals in ihren Träumen. Er war zu langweilig, außerdem, hätte sie ihn tatsächlich in ihren Traum mit einfließen lassen, dann wäre sie wohl jedes Mal vor Langeweile gestorben, wenn sie wieder aus ihren Wachträumen aufgewacht wäre. Allein der Gedanke, dass er ihr im Traum sagen könnte, während sie selbst an sich herumspielte und das Feuer in sich spürte, *Doctor House* käme gleich im Fernsehen, schreckte sie ab. Nein, die Männer in ihren Vorstellungen waren anders. Die Männer, die sie in ihren Wachträumen befriedigten oder ihr aber schöne, feuchte Träume bescherten, waren sexhungrig, geil, gutaussehend, hochgewachsen, muskulös und taten alles für sie. Sie leckten ihr Fötzchen, ließen ihre Zunge in ihrer Spalte verschwinden, verschlangen ihren würzigen, süßlich schmeckenden Mösensaft, kitzelten mit der Fingerspitze ihren Kitzler, wenn sie die lange Spalte lustvoll mit dem Finger berührten und entlang der Öffnung auf und ab fuhren. Sie saugten an ihren Schamlippen, schlugen mit einer Pferdepeitsche ihren kleinen Po wund, schoben ihr ihre Zungen in die Möse, leckten über ihren Schließmuskel oder fickten ihr süßes Arschloch mit ihren großen, harten Schwänzen. So stellte sich Mel grundsätzlich ihre Männer vor, wenn sie im Land der Sexträume verschwunden war. Manchmal massierte sie ihre Vagina zweimal hintereinander bis zum Orgasmus, weil ihr ein Höhepunkt zu wenig war. Sie war hochgradig sexhungrig, bekam aber von Martin einfach nicht die Befriedigung, die sie sich wünschte und die ihr ihrer Meinung nach als seine Ehefrau auch zustand. Sie liebte ihn zwar, aber in sexueller Hinsicht war er eine Niete im Bett. Sandras und Thomas' eindeutige Einladung gab ihr die Hoffnung, dass sich ihr langweiliges Sexleben doch noch zum Guten wenden würde und sie endlich bekäme, wonach sie lechzte, wonach ihre Seele beziehungsweise ihre Möse schrie. Sie hatte den leisen Verdacht, dass es sich bei der Einladung um eine Einladung zu einer Orgie handeln müsse. Wieso sonst müsse sie ohne Slip auf dieser Party erscheinen, wieso hatte man dort von Höhepunkten gesprochen, wieso von Sklaven. Man habe sicherlich Sexsklaven gemeint. Sie hatte sogar heute Morgen in der Badewanne masturbiert, während sie daran dachte, wie es möglicherweise auf dieser Party sein könnte. Ihre Fantasie war völlig mit ihr durchgegangen, geradezu grenzenlos anrüchig, und es waren die beiden besten Orgasmen ihres Lebens gewesen, zumindest die besten seit langer Zeit. Sie stellte sich vor, wie es sein würde, wenn alle übereinander herfielen, wenn sie sich von fremden Männern ficken lassen müsste. Wenn sie sie bis zum Umfallen bumsten und wie es wäre, wenn sie zahllose Höhepunkte bekäme. Von Multiorgasmen träumte Melanie oft. Bekommen hatte sie noch keinen. Und nun hatte sie ihre ganze Hoffnung darauf gesetzt, dass diese Party, diese Orgie ihr Sexualleben endlich verändern würde. Sie hoffte, dass sich Martin dadurch ändern würde und sie vielleicht doch noch öfters zum Orgasmus käme als nur einmal im Monat. Sie wollte Sex, ja, viel Sex, um genau zu sein und sie wünschte sich sehnlichst, dass Martin irgendwann genauso empfinden würde wie sie.

„Dann lass uns jetzt reingehen, Mel. Wird bestimmt ganz nett." Er sah auf sie herab.

„Ja. Du hast wohl recht." Sie lächelte ihn mit ihrer ganzen Unschuld an. Während sie zum Tor schritten, merkte Melanie, dass sie nass wurde. Der Mösensaft lief ihr die Schenkel herunter. Sie war übergeil und wollte wie eine reife Frucht gepflückt werden. Und wenn es so sein sollte, dann eben nicht von Martin, sondern von vielen großen, starken Männern, die sich in dieser Villa befanden und nach denen sie heimlich lechzte. Sie war sich einfach so sicher, dass es so sein müsste.

♣♣♣

„Und wer seid ihr?", fragte sie eine fremde Frau, die ihnen die Tür geöffnet hatte und ziemlich leicht bekleidet war. Sie sah ohne Zweifel aus wie eine Hure.

„Melanie und Martin.", sagte er leise.

„Oh... auf euch haben wir ja schon sehnsüchtig gewartet. Kommt herein."

Melanie und Martin folgten der Frau in die oberen Räume. „Das Wohnzimmer liegt ganz oben.", sagte die Frau, während sie die Teppen hinaufstieg. Dabei wackelte sie offensichtlich bewusst mit ihrem Hinterteil vor Martins Nase herum. Sie wollte wohl, dass er ihr auf den Po starrte.

Als alle drei das große Wohnzimmer betraten, wurden sie herzlichst von den anderen Gästen empfangen. Sandra und Thomas waren nirgends zu sehen. Entgegen ihren Vorstellungen, dass es sich bei dieser Party um eine Orgie handeln sollte, waren alle angezogen und unterhielten sich über dies und jenes, aßen Chips, tranken Champagner und Bier. Weißwein gab es auch. Melanie und Martin wurden behandelt wie König und Königin. Jeder kümmerte sich um sie. Brachte ihnen Chips und andere Leckereien. Ja, die beiden fühlten sich im Mittelpunkt, das gefiel ihnen, doch ihre heimlichen Wünsche und Erwartungen platzten wie eine kleine Seifenblase, denn nichts von all dem, worauf sie gehofft hatten, passierte auf dieser Party.

„Wo sind denn Sandra und Thomas?", fragte Melanie eine junge Frau, die ihr gerade Champagner neu nachfüllte.

„Die beiden kommen erst kurz vor Mitternacht. Das ist Tradition." Sie lächelte freundlich.

„Tradition?" Melanie wunderte sich.

„Ja... lasst euch überraschen. Es wird noch ganz lustig, wenn die beiden kommen. Das ist immer der Höhepunkt des Abends. Sie geben eine kleine Show für uns und dann geht es los. Die beiden sind echte Künstler."

„Um was für eine Show handelt es sich denn?", fragte Martin neugierig.

„Habt ihr die Einladung denn nicht gelesen?"

„Doch.", erwiderte er verlegen.

„Dann müsst ihr es ja wissen."

Martin nickte und bekam einen roten Kopf. „Ach ja, stimmt...", sagte er, obwohl er nicht wusste, wovon die Frau sprach. Er wollte sich aber nicht bloßstellen, deshalb fragte er nicht weiter.

Als sie kurz alleine waren, fragte er Melanie, wie sie die Party fand. „Ganz nett.", sagte sie fast enttäuscht. Sie hatte sich einfach mehr erhofft.

„Ja, finde ich auch." Auch er hatte etwas anderes erwartet. Sie wandten sich wieder den Partygästen zu und plauschten und lachten mit ihnen. Und wie immer versuchten sie, ihre Enttäuschung zu verbergen.

Die Stunden vergingen. Kurz vor Mitternacht betrat Marc das Zimmer. „In fünf Minuten ist es so weit. Setzt euch gemütlich hin und genießt die Show." Er ging wieder.

Melanie und Martin setzten sich in der Nähe des Kamins aufs Sofa. Erst als alle saßen, ging das Licht aus. Es war stockdunkel. Man hörte nur Getuschel und Genuschel und aufgeregtes Gelächter.

„Was ist mit dem Licht?", fragte Melanie leise.

„Keine Ahnung.", flüsterte ihr Martin zu, der auch nicht wusste, was sie nun erwarten sollte.

Beide warteten gespannt.

Plötzlich ging das Licht wieder an.

Melanie und Martin saßen mit klopfenden Herzen auf der Ledercouch und fühlten, dass sich ihre Träume wohl doch noch erfüllen würden.

♣♣♣

Das Licht ging an. Martin traute seinen Augen kaum. Alle Partygäste waren plötzlich nackt. Sie hatten sich die Klamotten vom Leib gerissen, als das Licht ausgegangen war. Die Kleider lagen verstreut auf dem Boden. Er traute sich kaum, einen Blick auf die rasierten Mösen der Frauen zu werfen. Alle Frauen saßen nämlich mit gespreizten Beinen da und trugen ihre Scham offen zur Schau.

Die Tür öffnete sich, und Sandra und Thomas kamen herein. Beide waren nackt. An einer Leine zogen sie einen muskulösen Mann hinter sich her.

Martin spürte, wie sich langsam sein Schwanz aufrichtete.

♣♣♣

Das Licht ging an. Melanie konnte kaum glauben, was sie sah. *‚... das kann doch nicht wahr sein! Die sind ja alle nackt... o Mann, ist das geil... und die Männer... was für schöne Schwänze die haben. Hart und groß... o Gott, was wird er wohl jetzt denken...'* Sie sah zu Martin auf. Doch er beachtete sie nicht. Stumm starrte er auf eine Frau, die ihm gegenüber in einem Sessel saß. Sie spreizte die Beine. Ihre rasierte Scham war zu sehen. Melanie sah auf Martins Schoß. *‚... das gibt's doch nicht, das glaub' ich ja gar nicht... der hat doch tatsächlich einen Steifen...'*

♣♣♣

Sandra und Thomas traten ein. An der Leine führten sie ihren Sklaven Marc.

„Schön, dass ihr alle da seid.", sagte Sandra. „Unsere neuen Mitglieder habt ihr ja schon kennengelernt." Sie richtete ihren Blick auf Melanie und Martin. „Ich hoffe, euch gefällt unsere kleine Party bis jetzt?"

Melanie nickte. Martin stieß ein leises *Ja* aus.

„Oh... sie sind ja noch richtig schüchtern. Das sollten wir jetzt aber schnell ändern... dann lasst uns jetzt beginnen." Sandra ließ Marc von der Leine. „Hol' sie mir!", befahl sie ihrem Sklaven. Marc gehorchte, ging auf Melanie zu, packte sie an der Hand und zog sie von der Couch. Wie in Trance erhob sich Melanie und ließ sich von ihm in die Mitte des Zimmers führen. „Stell' dich breitbeinig hin.", bat er sie. „Ich muss deine Fotze sauber lecken. Und dein Arschloch. Meine Herrin will das so. Sie will an deinen Schamlippen saugen. An deinem Arsch lecken. Bist du bereit?"

Melanie war nicht fähig, irgendetwas zu antworten. Sie brachte kein Wort über ihre Lippen. Sie war viel zu erregt. Sie nickte nur und stand breitbeinig in der Mitte des Raumes. Sie sah, dass man sie beobachtete. Sie sah sogar, dass sich einige Männer an ihren Schwänzen rieben. Sie sah nur Martin nicht. Er befand sich direkt hinter ihr. Sie wagte nicht, ihn anzuschauen.

Marc kniete sich vor ihr nieder. „Leg' dein Bein über meine Schulter.", sagte er und tippte auf ihr linkes Bein.

Melanie tat, worum er sie bat. Ihr kurzer Rock rutschte im selben Moment, als sie ihr Bein hob, über die Schenkel und entblößte ihren Hintern. Ihre Möse, die sie sich zu Hause noch frisch rasiert hatte, lachte Marc ins Gesicht. Er betrachtete eingehend ihre feuchte Spalte. Melanie hatte eine herrliche, geschwollene Scheide, die sich Marc derart appetitlich anbot, dass er schon ungeduldig danach lechzte, davon zu kosten. Er biss kurz in ihre linke Arschbacke und fuhr dann mit dem Zeigefinger die volle Länge ihrer Spalte nach. Von ihrer Rosette bis zu ihrem geschwollenen Kitzler. Als er dort ankam, knickte sie leicht ein. *‚... o ja...'* Er fühlte, sie war reif! Deshalb näherte sich sein Gesicht nun ihrer Lustzone. Ihr Duft war würzig und angenehm. Jetzt war der Augenblick gekommen, wo er sich nicht mehr beherrschen konnte. Unter den gierigen Blicken der Partygäste begann er nun, ihre Spalte auszulecken. Mel bekam eine Gänsehaut, die Marcs Lippen kitzelte, und sie wusste, dass er ihre Säfte auf seiner Zunge schmecken wollte. Noch nie hatte er von solch einer schüchternen Frau gekostet, deshalb machte ihn die Vorbereitung auf das bevorstehende Sexspiel spitz und neugierig wie einen geilen Bock. Melanie bewegte ihren Unterleib und stöhnte, denn sie mochte, wie er seine Zunge durch ihre Falten rieb und dadurch den geschwollenen Kitzler fast zum Tanzen brachte. Man konnte es sehen. Alle konnten ihre enorme Lust sehen. Mel war jetzt so weit, dass sie Marc ihre Spalte förmlich ins Gesicht stieß. *‚... leck' mich härter, verdammt! Jetzt! Ich brauche es. Und jemand muss meine Titten rannehmen...'*, schrie sie Marc in Gedanken laut zu. Sie genoss Marcs lange Zauberzunge auf ihrer Vagina und verging förmlich vor Lust. Immer wieder streckte er die Zunge heraus und leckte ihr genüsslich über die Schamlippen. Sie stöhnte. Sie packte seinen Kopf und drückte ihn fest gegen ihren Unterleib. Die Lust hatte sie gepackt. Noch nie war sie so geil gewesen wie in diesem Moment, als ihr Marc über die Möse leckte. „Saug' an meinen Schamlippen! Härter! Fester!... o ja, das ist gut so... nicht aufhören... o bitte, nicht aufhören...", stieß sie erregt aus. Fest fasste sie in sein Haar und presste sein Gesicht, seinen Kopf in ihre nasse und vor Lust laut schreiende Möse. Und erst, als er ihr ihre Spalte vollkommen ausgeleckt hatte, lockerte sie wieder ihren Griff und ließ ihm ein bisschen Freiraum zum Luftschnappen. Er tat so, als wolle er Luft holen, wobei er sich die Mischung aus Speichel und Mösensaft von seinem Gesicht wischte und Melanie beobachtete. Sie suhlte sich in ihrer Lust.

Sandra ging langsam auf Melanie zu. Sie zog ihr das Kleid über den Kopf. Nun stand sie nackt vor ihr. Sie stand nackt im Raum und wurde von allen betrachtet. Sie erlaubte, dass man ihr dabei zusah, wie sie lustvoll stöhnte, nur weil ihr Sandras Sklave über die Scham leckte. Plötzlich spürte sie seinen Finger im Arsch. Er hatte ihr seinen Zeigefinger tief in den Anus gestoßen und fickte ihn liebevoll mit seinem Finger, während er sie lustvoll leckte. Melanie verspürte enorme Lust. Sie war so geil, dass sie alles um sich herum vergaß. Sie vergaß Martin, der sie im Bett so furchtbar langweilte, sie dachte nur an Marcs geile Zunge und sie dachte an die nackten Männer, von denen sie beobachtet wurde.

Sandra bückte sich zu ihr hinunter und leckte ihr über die Brüste. Sie saugte an ihren Nippeln und massierte ihren Hintern mit den Händen. Und plötzlich fühlte Melanie mehrere Hände auf ihrem Hintern. Sie wagte einen Blick nach unten und sah, dass Thomas ihre Arschbacken auseinanderzog. *‚... o Gott, ist das geil...‘*, kam ihr in den Sinn, als sie seine Zunge auf ihrem Arschloch spürte. Langsam leckte er ihr über den Schließmuskel. Und sie fühlte noch eine andere Zunge, eine fremde. War das nur eine Zunge, von der sie geleckt wurde? Nein, es mussten mehr als zwei Zungen sein, die sich um ihren süßen, niedlichen Arsch kümmerten. Sie sah abermals an sich herab. Mehrere Männer knieten hinter ihr und kümmerten sich liebevoll um ihren Po. Sie bearbeiteten ihn mit ihren nassen, feuchten Zungen, sie bearbeiteten ihn mit ihren Fingern, mit ihren Händen, mit ihren Zähnen. Lang und nass waren diese geilen Zungen, die sie überall auf sich spürte. Ihr ganzer Körper zitterte vor Erregung und sie fühlte überall eine Gänsehaut.

Nun machte Marc seiner Herrin Platz. Sandra kniete sich vor Melanie auf den Boden und schob ihr genießerisch ihre lange Zunge in die Möse. Melanie stöhnte. „O Gott, ist deine Zunge lang...", stöhnte sie laut. Ihre Lust stieg unaufhörlich. Die Begierde nach nacktem Fleisch war enorm. Sie hatte in ihrer grenzenlosen Lust nicht bemerkt, dass schon alle miteinander fickten. Sie sah sich um. Überall sah sie fickende Gruppen; Männer und Frauen, die sich ihrer grenzenlosen Lust hingaben. Die Gruppen formierten sich ständig neu. Manche Gruppen bestanden aus mehreren Männern und einer Frau, andere wiederum aus mehreren Frauen, die sich um den Schwanz eines einzelnen Mannes kümmerten. Manche Gruppen waren von der Anzahl der Geschlechter her gleich verteilt, manche bestanden nur aus Frauen. Es variierte ständig hin und her. Egal, wohin sie ihren Blick richtete. Und dann sah sie ihn. Sie sah Martin. Er stieß gerade seinen harten Schwanz in die Möse eines wunderschönen Wesens, das die Beine weit gespreizt hielt und ihn anflehte, sie zu ficken, während sie mit den Händen zwei große, harte Schwänze um sich herum zum Orgasmus rieb und darauf wartete, dass man den Samen in ihrem schönen, verruchten Gesicht abspritzte. Melanie empfand keinerlei Eifersucht, als sie Martin diese andere Frau ficken sah. Sie sah, dass man sich rührend um seinen Schwanz kümmerte, um seine Hoden, um seinen muskulösen Hintern. Sie wandte sich von ihm ab und richtete ihren Blick wieder auf Sandra, die vor ihr kniete und ihre Möse zum Orgasmus leckte. Tief schob sie ihr ihre Zunge ins Loch. „O ja... tiefer, Sandra... leck' mich härter, verdammt!... das ist geil...", stieß sie erregt aus und presste Sandras Gesicht fest in ihre nasse Spalte. Sie genoss es, Sandras lange Zunge zu fühlen, die entlang ihrer Spalte auf und ab fuhr, ihren Kitzler zum Tanzen brachte, ihre Schamlippen vor Geilheit zum Vibrieren brachte, sie genoss es zu sehen, wie ihr Sandra den Mösensaft aus ihrer süßen Falte leckte. Fest drückte sie ihre Scham in das Gesicht dieses Weibes; je fester sie sich gegen ihr Gesicht presste, desto härter wurde sie von der langen, nassen Zunge dieses schamlosen Weibes herangenommen. Sie bekam, wonach sie so laut schrie, wozu sie ihre grenzenlose Geilheit trieb, wonach sich ihre Möse sehnte, wozu ihre Verruchtheit sie getrieben hatte.

Thomas zog sie plötzlich zu sich herunter auf den Boden. „Knie dich nieder und spiel' mir den Hund.", befahl er ihr. Sie kniete vor ihm auf allen vieren auf dem Boden und ließ sich von ihm und seinen Freunden abwechselnd in den Anus und in die Möse ficken. Sie hörte nur noch, wie man rief *fick' mich in die Fotze, fick' mir in den Arsch, leck' mich, schlag' mich, beiß mich, besorg's mir. Bestrafe mich! Gehorche mir!* Egal, wo sie hinsah, alle waren mit sich und den Genitalien der anderen beschäftigt und ließen sich von ihrer Lust leiten. Waren sie mit einer Frau fertig, nahmen sie sich die nächste. Hatten sie eine Frau befriedigt, ließen sie sich wiederum von den Frauen befriedigen. Die Orgie erreichte ihren Höhepunkt, als Melanie gleichzeitig von fünf Männern gefickt wurde. Einer fickte ihre nasse Möse, ein anderer befeuchtete seine Schwanzspitze und ihr Arschloch mit Spucke, um ihr sein großes Gerät in den Anus zu schieben. Dem anderen musste sie einen blasen, zwei weitere steife Schwänze hielt sie fest in der Hand und rieb kräftig an ihnen. Sie stöhnte, sie schrie. Sie ließ sich schlagen, sie wechselte die Gruppe. Plötzlich waren es andere Frauen, denen sie die Mösen lecken musste, die ihr befahlen, an ihren Schamlippen zu saugen. Sie saugte an Nippeln, sie küsste Frauen, sie küsste Männer, sie schob den Frauen ihre Zunge in den Rachen, sie schob Männern, deren Gesicht sie nicht einmal sah, ihre Zunge in den Hintern. Sie ließ sich benutzen und sie benutzte die anderen, um ihre Lust nach befreienden Orgasmen zu befriedigen. Ihre Begierde nach dieser Lust war unstillbar. Sie wollte gar nicht mehr aufhören, obwohl der Morgen hereinbrach. Und sie war sich nicht einmal mehr sicher, ob nicht unter den vielen Schwänzen, die sie geleckt hatte, ob nicht unter den vielen Schwänzen, die sie gefickt hatten, Martins Schwanz dabei gewesen war. Sie war sich nicht einmal mehr sicher, ob er nicht zu den Männern zählte, von denen sie in dieser Nacht in den Arsch gefickt worden war. Sie wusste nur, dass sie noch niemals so gut durchgefickt worden war wie in dieser Nacht. Sie bekam einen Multiorgasmus nach dem anderen und während sie sich verwöhnen ließ und während sie verwöhnte, wusste sie, dass sie süchtig nach diesen geilen Orgien geworden war. Mit jedem neuen Stoß in ihre Möse, in ihren Anus, in ihren Mund, in die zahlreichen Löcher ihres Körpers wollte sie mehr. Sie wollte viele Männer ficken, sie wollte viele Frauen mit ihrer Zunge beglücken. Sie verlor sich im Rausch der Sinne. Wollust war das Einzige, wonach sie lechzte. Sie war besessen. Besessen von dieser grandiosen Orgie. Und sie hatte in dieser Nacht beschlossen, sich ebenfalls einen Sklaven zuzulegen, der sie in einsamen Nächten ficken würde, wenn sich Martin wieder *Doctor House* ansehen würde. Schließlich wusste sie nicht, wie er die Orgie empfand. Vielleicht gab sie ihm nicht das, was sie ihr gegeben hatte. Bewirkte bei ihm nicht das, was es bei ihr bewirkt hatte. Würde sie ihn verändern? Hätte er jetzt wieder Spaß am Sex? Sie wusste es nicht. Sie wusste nur, dass sie nicht mehr darauf verzichten wollte.

Nachdem sie mit fast allen Partygästen Sex in den unterschiedlichsten Stellungen gehabt hatte und der Morgen angebrochen war, ließ sie sich erschöpft auf einer Couch nieder. Vor Übermüdung und glücklich darüber, derart befriedigt worden zu sein, schloss sie die Augen. Es dauerte keine Minute und sie schlief ein. In dieser Nacht hatte sie nicht von Sex geträumt. In dieser Nacht hatte sie erlebt, wovon sie immer schon geträumt hatte, und zwar *live*.

Sandra und Thomas waren das Beste, was ihr jemals passiert war. Und Marc konnte unheimlich gut lecken. Er hatte sie mehrmals bis zum Höhepunkt geleckt. Aber nicht nur er war gut, sondern auch die anderen Männer. Sie liebte ihre großen Schwänze. Daher träumte sie von nichts anderem mehr als von den großen, geilen Schwänzen dieser Prachtkerle.

Als sie am Nachmittag wieder erwachte und sah, dass die anderen noch schliefen, beschloss sie, dass es nicht ihre letzte Orgie sein sollte, auf der sie gewesen war. Das hatte sie in dem Moment beschlossen, als sie auf die zahlreichen nackten Körper heruntersah. Sie beobachtete die schlafenden Männer und Frauen und wünschte sich, sie würden bald erwachen, damit sie sich wieder um ihre Möse kümmern könnten, damit sie ihnen wieder die Schwänze lecken dürfte, zärtlich mit deren Eichel spielen könnte, sie in ihrem Mund verschwinden lassen dürfte oder aber ihre leckeren Samen schlucken könnte. Sie wünschte sich, dass sie ihre steifen, harten Schwänze wieder in ihre Vagina stießen, um sie hart und fest zu ficken. Sie wünschte sich, dass sie wieder ihre geilen, steifen Schwänze in ihren kleinen Anus schoben, um ihr Arschloch zu ficken, um ihr diese grandiosen Multiorgasmen von Neuem zu bescheren. All das erhoffte sie sich, während sie der schlafenden Menge zusah und sich sehnlichst wünschte, sie würden wieder erwachen. An Martin verschwendete sie keinen Gedanken. Er lag in den Armen zweier Frauen und schlief. Er machte einen unheimlich zufriedenen Eindruck. Er schien befriedigt zu sein. „Entweder änderst du dich... oder du musst gehen... am besten verschwindest du aber gleich aus meinem Leben, denn manche Menschen ändern sich nie...", murmelte sie leise vor sich hin. Sie war entschlossen, ihm nur noch eine einzige Chance zu geben.

Sie schloss wieder die Augen. „Was für eine geile Nacht.", stieß sie leise aus und lächelte zufrieden.

♣♣♣

Sie saßen beim Abendessen. Keiner sprach ein Wort. Stumm sahen sie sich irgendeine Serie im Fernsehen an, während sie auf ihren Bissen herumkauten, als wären sie aus Gummi.

„Schmeckt's?", fragte sie plötzlich.

Er sah sie an und nickte.

Beide aßen weiter. Keiner von ihnen sprach über die gestrige Orgie, die ohne Zweifel beide verändert hatte. Sie sehnten sich nach dieser Dominanz, nach dieser Zärtlichkeit, nach dieser Lust. Doch keiner sprach seinen Wunsch aus.

Nach dem Essen deckte sie den Tisch ab.

„Ich geh' ins Bett.", sagte sie.

Er nickte und richtete seinen Blick nicht vom Fernseher. „Gute Nacht.", stieß er leise aus.

♣♣♣

Als sie sich vergewissert hatte, dass er ihr nicht ins Schlafzimmer folgen würde, zog sie sich den Slip aus, spreizte ihre Beine und massierte sich die Möse. Ihren Zeigefinger steckte sie dabei tief in den Hintern. Sie stöhnte und dachte an die gestrige Orgie zurück. Noch nie war sie derart befriedigt worden wie in jener Nacht. Dass Martin nicht mit ihr darüber reden wollte, war ihr ganz recht. Sie hielt ihn für einen Langweiler und sicherlich schämte er sich für das, was sie gestern alles gemacht hatte. Sie war überzeugt davon, dass er sich nicht ändern würde, und dass ihr Sexleben weiterhin so öde bliebe wie bisher. Martin hatte einfach keine Lust auf Sex. Zumindest nicht mit ihr. Und der Beweis dafür lag in der gestrigen Nacht. Nicht umsonst hatte er sich voller Lust von einem Paar zum nächsten gefickt. Und sie war sich nicht einmal mehr sicher, ob er sie letzte Nacht überhaupt berührt hatte. Wenn sie so richtig darüber nachdachte, dann konnte sie sich eigentlich nicht daran erinnern, dass er sie gefickt hatte. Aber eigentlich war es ihr auch egal. Sie dachte an die großen, harten Schwänze der Männer und die geilen, nassen Mösen der Frauen. Sie kam schnell und heftig. Nach ihrem Orgasmus zog sie sich wieder den Slip an, drehte sich auf die Seite und schlief vollkommen befriedigt ein. Sie hatte bereits eine Entscheidung getroffen.

♣♣♣

Als er sich vergewissert hatte, dass sie schlief und nicht zurück ins Wohnzimmer kommen würde, fasste er sich in die Hose und rieb an seinem harten Schwanz. Schon den ganzen Abend lang musste er seine Geilheit unterdrücken. Immer wieder hatte er festgestellt, dass sein Glied in voller Größe anschwoll. Er hatte dann schnell an etwas anderes gedacht und gehofft, dass Melanie nicht bemerken würde, dass er mit einem Steifen am Tisch saß. Er hatte noch niemals eine solche Befriedigung erfahren wie auf der gestrigen Orgie. Doch er sprach nicht mit Melanie darüber. Er hatte zwar gesehen, dass sie aufgegangen war wie eine Blüte, dass es ihr große Lust bereitet hatte, von den Männern dort gefickt zu werden, von den Frauen geleckt zu werden, dennoch irritierte ihn ihr heutiges Verhalten. Sie verlor nicht ein Wort über die Orgie. Er erinnerte sich gut daran, dass sie furchtbar laut gestöhnt hatte, und es hatte den Anschein gehabt, als hätte sie einfach nicht genug davon bekommen. Noch nie hatte er an ihr diese enorme Geilheit gesehen, die sie an jenem Abend, in jener Nacht ohne Zweifel ausgestrahlt hatte. Obwohl er das alles gesehen hatte, hielt er sie nach wie vor für frigide. Und der beste Beweis dafür war, dass sie es nicht fertig brachte, ihn heute zu verführen wie ein geiler Vamp. Sie war einfach langweilig. In seinen Augen machte die Beziehung einfach keinen Sinn mehr. Er bekam von ihr einfach nicht das, was er wollte und was er brauchte. Fantasievollen, geilen Sex ohne Ende. Sie war und blieb in seinen Augen einfach frigide.

Als er in seinen Hosen abgespritzt hatte, erhob er sich von der Couch, ging ins Bad und stieg unter die Dusche.

♣♣♣

5 Monate später.

Die Orgie war in vollem Gange. Überall gab es fickende Gruppen. Entweder waren die Männer in der Überzahl, in einigen Gruppen waren es die Frauen. Manche bestanden sogar nur aus Frauen. Sie lagen über den Tischen, über der Couch, über den Sofas, am Boden, lehnten an den Fenstern, hielten sich an der Wand fest, während sie den Männern ihre Hintern entgegenstreckten. Das Gestöhne war furchtbar laut. Immer wenn jemand zum Orgasmus gekommen war, stieß er einen lauten Schrei aus. Es roch nach Sex, es roch nach Sperma, es roch nach Geilheit.

Melanie ließ sich gerade ihre Möse von Sandra lecken. Tief stieß sie ihr die Zunge ins Mösenloch. „O ja, leck' mich härter! Fick' meine Fotze... das machst du *guuuut*, Herrin...", stieß sie aus. Sie war vollkommen erregt. Thomas stand hinter Sandra und stieß ihr seinen harten Schwanz in die Möse. Die Intensität der Stöße, die sie mit ihrem Kopf abfangen musste, während sie Melanies Möse leckte, machte deutlich, dass Thomas sie ziemlich heftig vögelte. Er zog sein Glied wieder heraus, befeuchtete seine Schwanzspitze und Sandras Arschloch mit Spucke, dann stieß er ihr seinen Schwanz tief in den Anus. Sandra stöhnte laut, als sie seinen Schwanz in ihrem Hintern spürte. „Fick' mich, Schatz. Schneller... härter... schlecht machst du das, wirklich furchtbar schlecht... lass' jetzt Marc ran. Sein Schwanz ist so wunderbar groß, so wunderbar steif... er fickt einfach besser als du, er kann das... dein Schwanz taugt mir einfach nicht... kümmere dich lieber um meine Fotze... leck' sie mir, während mich Marc mit seinem großen, harten Schwanz in den Arsch fickt.", befahl sie ihm. Thomas wurde furchtbar geil dabei, wenn ihn Sandra vor den anderen demütigte und schrie, sein Schwanz tauge ihr nicht. Zufrieden damit, dass sie ihn zutiefst gedemütigt hatte, rief er Marc zu sich. „Fick' deiner Herrin die Seele aus dem Leib... los! Und mach' deine Sache anständig. Dann werde ich dich belohnen."

Marc stieß seiner Herrin sein erregtes Glied tief in den Anus. Er war feurig. Wild und hart stieß er zu. Während er immer wieder tief in ihr Arschloch stieß, leckte Thomas Sandras Möse. Er fuhr mit der Zunge entlang ihrer Spalte auf und ab und tauchte seine Zungenspitze in ihren wohlschmeckenden Mösensaft. Er saugte an ihren Schamlippen, steckte ihr seine Zunge tief ins Mösenloch, kitzelte ihre Klitoris, massierte mit seinen Händen Marcs Hoden, die immer wieder fest gegen Sandras Pobacken schlugen. „O ja Marc, das ist voll geil, wenn deine großen Hoden auf meinen Arsch klatschen... o ja, fester, Marc! Fick' mich härter!" Sandra genoss es, von ihren beiden Männern befriedigt zu werden und leckte Melanie genießerisch über die Möse. Sie spielte mit der Zungenspitze an ihrem Kitzler. Melanie bewegte ihren Unterleib und stöhnte, denn sie mochte es, wie Sandra ihre Zunge durch ihre Falten rieb und damit ihren geschwollenen Kitzler fast zum Beben brachte. Die dick angeschwollenen Schamlippen umschloss sie liebevoll mit ihren Lippen, drückte sie fest zusammen, saugte an ihnen. Melanie stöhnte furchtbar laut. Die Behandlung durch Sandra ließ sie lustvoll und laut schreien.

„Bitte, Sandra, befehle Marc, dass er mich mit seinem großen, harten Schwanz ficken soll. Ich bin schon rattenscharf auf sein Rießengerät. Er fickt wie ein junger Gott." Melanie ließ ihre Hüften kreisen. Sie genoss Sandras Zunge auf ihrer Möse. Aber nun wollte sie mehr. Schon mehrmals war sie zum Orgasmus gekommen, doch jetzt wollte sie Marcs harten Schwanz tief in ihrer Öffnung spüren. Er sollte sie zum Schreien bringen.

Sandra befahl ihrem Sklaven, ihre Busenfreundin mit seinem mächtigen Glied zu beglücken. Sie setzte sich auf Thomas' Gesicht und ließ sich mehrmals bis zum Orgasmus lecken. Dabei steckte sie Marc, der gerade Melanie mit seinem Schwanz beglückte, die Zunge tief in seinen Anus.

Alle vier hatten mächtig viel Spaß beim Ficken. Plötzlich stand Martin hinter Sandra und stieß ihr sein steifes Glied in die Möse. Er war geil geworden, als er die vier miteinander ficken sah. Als ihn Melanie erkannte, wurde es ihr plötzlich unheimlich peinlich. Martin stieß noch einmal kräftig zu, dann zog er seinen Schwanz aus Sandras geilem Loch heraus. Er schob Marc beiseite. „Darf ich?", fragte er galant. Melanie nickte verlegen.

Martin führte sein steifes Glied in ihre Möse ein. Er fickte sie. Und er war gut. Beide sprachen kein Wort miteinander. Melanie sah ihn stumm an, sie stöhnte nicht einmal. Er störte sie. Doch sie hatte nicht den Mut, es ihm zu sagen.

„Wie geht es dir?", fragte er sie plötzlich, während er sein steifes Glied tief in ihrer Möse versinken ließ.

„Gut.", sagte sie kurz angebunden.

„Ich habe gehört, du bist Sandras neue Sklavin. Stimmt das?" Martin ließ nicht locker.

Sie nickte.

„Dann bist du doch sozusagen jetzt ihr Eigentum, hab' ich recht? Und? Wie fühlt es sich an, einem Menschen zu gehören, zu gehorchen und sich demütigen zu lassen?", fragte er seelenruhig weiter, obwohl er fühlte, dass es Melanie unangenehm war, dass gerade er sie fickte, dass es ihr unangenehm war, dass er ihr Fragen stellte. Seit ungefähr einem halben Jahr hatte er sie nicht mehr gesehen. Eine Woche nach ihrer ersten Orgie hatten sie sich getrennt. Martin hatte weiterhin seine Sexträume geträumt, Melanie hatte beschlossen, sie zu leben. Aus diesem Grunde hatte sie sich auch entschieden, Sandras Sklavin zu werden und sich ficken zu lassen, wann auch immer es ihr oder Thomas oder Marc beliebte. Und sie ließ sich nicht nur von den dreien ficken, nein, sie tat es mit allen, die ihr Sandra vorstellte. Sie war sozusagen Sandras lustvolles Vorzeigeobjekt. Die Männer und die Frauen auf den Orgien waren scharf auf die kleine Melanie, die sich innerhalb kürzester Zeit hochgefickt hatte und zu den Sklavinnen der ersten Liga gehörte. Oft schon war sie von Sandra über das Wochenende verliehen worden. Manchmal diente sie anderen Pärchen, einzelnen Männern oder Frauen über mehrere Wochen lang. Melanie war das geilste Luder und die Attraktion schlechthin auf jeder Orgie, die Sandra veranstaltete. Martin hatte sie schon längst vergessen. Doch als sie ihn nun sah und ihm mit ihrem Körper dienen musste, war ihr das schon sehr unangenehm. Sie hoffte, er würde sich bald entscheiden, ein anderes Pärchen mit seinem laschen Schwanz zu beglücken. „Und? Wie fühlt es sich nun an? Willst du mir denn nicht antworten? Als Sklavin ist es doch deine Pflicht. Oder?"

Sie nickte abermals. „Ganz *okay.*", sagte sie kurz angebunden.

„Übrigens: bevor ich es vergesse. Ich habe mit Sandra gesprochen. Ich habe dich, ich würde es mal so ausdrücken: *gemietet.* Für ganze zwei Wochen. Nach der Orgie nehme ich dich mit. Du wirst mir dienen. Und ich bin sehr anspruchsvoll geworden. Aber ich habe ja gehört, dass du die Beste sein sollst. Mal sehen, ob das stimmt."

Melanie sah ihn erschrocken an. Martin ergoss sich in ihr. Er zog seinen Schwanz wieder aus ihrer Möse. „Dann bis später, Mel. Du wirst deinen Spaß mit mir haben. Ich habe mich geändert." Er wandte sich einem anderen Paar zu. Doch Melanie konnte sich an diesem Abend nicht mehr auf die Orgie konzentrieren. Der Gedanke, Martin zwei ganze Wochen lang dienen zu müssen, schreckte sie ab. Sie brauchte täglich ihren Orgasmus und sie hatte panische Angst, dass sie das von Martin nicht bekäme. Sie erinnerte sich noch gut an ihre gemeinsame Zeit zurück. Und sie war froh, als sie die

Entscheidung getroffen hatte zu gehen. Sie war eines Morgens einfach gegangen, ohne ihm Bescheid zu geben. Als er am Abend von der Arbeit nach Hause gekommen war, war sie einfach fort.

Melanie wurde das Gefühl nicht los, dass sich Martin mit dieser Aktion nur rächen wollte. Aber sie hatte keine andere Wahl. Sie war Sandras Sklavin und musste gehorchen. Und wenn Sandra bestimmt hatte, dass sie Martin zwei Wochen lang dienen musste, dann war es eben so. Das Einzige, was sie beruhigte, war die Tatsache, dass sie alle ihre Sexspielzeuge mitnehmen könnte. So würde sie wenigstens nicht auf ihre täglichen Orgasmen verzichten müssen.

Und wer wusste es schon, vielleicht hatte sich ja Martin wirklich verändert, so wie er sagte.

Als Sklavin hatte sie das nicht zu entscheiden. Egal, wie schlecht er sein sollte, sie müsse immer das Gegenteil behaupten. Das gehörte einfach zum Job dazu.

Und so kam es, dass Melanie als Sklavin zu Martin zurückkam. Er hatte ihr verschwiegen, dass er sie nicht nur für zwei Wochen gemietet hatte, sondern für einen bedeutend längeren Zeitraum. Er war sich noch nicht sicher, was er alles mit ihr vorhaben würde, was er alles Geiles mit ihr anstellen wollte, aber er wusste, dass er sie bluten ließe für die Demütigung, die er durch sie erfahren hatte. All seine Freunde hatten ihn verlacht, all seine Bekannten hatten ihn bedauert. Und das sollte die *Sklavin Melanie* zu spüren bekommen. Das war die Befriedigung, nach der er sich sehnte.

Zufrieden vergnügte er sich auf dieser Orgie, bis der Morgen hereinbrach. Zusammen mit Melanie verließ er die Party.

Nach dieser Nacht hatte sie niemand mehr gesehen. Doch niemanden hatte das wirklich interessiert. Sandra hatte sich einfach eine neue Sklavin zugelegt. Sie war sich sicher, dass sich Melanie dazu entschlossen hatte, bei Martin zu bleiben.

Doch ihr Schicksal kannte nur Martin. Und den sah man nur noch alleine auf diesen Orgien. Grundsätzlich vergnügte er sich mit den Frauen bis zum Morgengrauen.

Danach verschwand er immer wieder ganz unauffällig.

Man sah ihn immer seltener auf den Orgien und irgendwann kam er überhaupt nicht mehr.

Und so verschwanden eines Tages Melanie und Martin ganz langsam und unauffällig wieder aus Sandras Leben. Ihre Orgien waren jedoch immer wieder das Highlight der Berliner Szene. Niemand sprach offen darüber und trotzdem waren ihre Partys immer voller Frischfleisch. Wer einmal in den Genuss gekommen war, wollte darauf nicht mehr verzichten.

Lust und Verzückung versprachen sie jedem, der dafür offen war.

Lust und Verzückung erwartete jeder.

Lust und Verzückung bekam er grundsätzlich.

Lust und Verzückung weiterzuerleben, lag bei jedem einzelnen.

Ficken, bis die pure Lust einen überwältigt hatte, regelrecht verschlungen hatte, war das, was man dort erwartete. Und die Erwartungen wurden immer weit übertroffen. Verurteilt wurden solche Orgien niemals. Es wurde einfach nur nicht darüber gesprochen.

Man hatte sie genossen. Und wenn man von Lust und Verzückung sprach, dann wusste jeder automatisch, dass man von Sandras Orgien sprach.

Und wenn man ehrlich zu sich selbst war: wer wünschte sich nicht heimlich, diese Art von Lust und Verzückung einmal auszuprobieren.

Schon allein das Wort hatte einen unwiderstehlichen Reiz.

Und man konnte gewiss sein, dass einen auch das erwartete, was man heimlich dahinter vermutete: Sex pur!

6

Schlag' mich!

In der Nähe von Chicago.
Mister Green stellt eine neue Sekretärin ein.
Im Jahr 1947

Seit einer Woche hatte Mary Gray diesen Job.

Sie arbeitete als Sekretärin für Mister Green. Mister Green war ein erfolgreicher Anwalt. Seine Kanzlei lief gut und war in ganz Chicago bekannt. Für ihn zu arbeiten war das Beste, was einer jungen Sekretärin passieren konnte, die ihre Ausbildung gerade abgeschlossen hatte. Das mache sich in ihrem Lebenslauf bestimmt sehr gut, hatte ihre Mutter gesagt. Über eine Bekannte ihres Vaters war ihr diese Stelle vermittelt worden. *„Das macht sich gut in deinen Papieren. Solche Referenzen brauchst du, Kind!"*, hatte Mrs. Gray immer wieder betont.

Obwohl Mary in der berühmtesten Anwaltskanzlei von Chicago arbeitete, war sie nicht glücklich. Mister Green war fast 20 Jahre älter als sie und ein fürchterlicher Despot. Er kommandierte seine Anwaltsgehilfen herum wie ein General und die Sekretärinnen hatten zu springen, wenn er sie rief. Mister Green war sehr streng. Und was er am meisten hasste, waren Tippfehler.

Mister Green hatte weder Ehefrau noch Kinder. Er lebte in seinem großen Haus vollkommen allein. *„Wundert mich nicht, dass der nicht verheiratet ist."*, hatte eine Arbeitskollegin abfällig gesagt. *„Der Alte ist jähzornig und unausstehlich. Würde mich nicht wundern, wenn er seine Frau schlagen würde, hätte er denn eine. Jede Frau kann von Glück reden, wenn sie mit diesem abnormalen Typ nichts zu tun hat."*, hatte sie Mary an ihrem zweiten Tag erzählt.

Mary war Gott sei Dank mit ihm noch kein einziges Mal zusammengestoßen. Bis jetzt hatte sie ihre Briefe immer fehlerfrei abgegeben. Daher konnte sie sich gar nicht vorstellen, dass er so ausrasten könnte, wie es ihr Marta so lebhaft geschildert hatte.

Und trotzdem hatte Mary Respekt vor Mister Green. Irgendwie flößte er ihr Angst ein. So seltsam es klingen mochte, es erregte sie auf irgendeine Art und Weise. Niemand in der Kanzlei mochte Mister Green und die Geschäftspartner engagierten ihn nur, weil er der Beste auf seinem Gebiet war und bisher jeden Prozess gewonnen hatte. Mister Green hasste Verlierer; das erklärte auch sein ständiges Bestreben danach, keine Fälle zu verlieren. Mary war die Einzige, die auf unerklärliche Weise eine gewisse Sympathie für ihn entwickelte. Das lag aber möglicherweise nur daran, weil sie noch so jung und unerfahren war. Sexuell hatte sie bis dato noch keine Erfahrungen gesammelt. Sie war noch Jungfrau. Mehr als Küssen war noch nicht gewesen; zum großen Leidwesen ihres Freundes Marc. Da Marc aber selbst noch eine Jungfrau war, hatte er mindestens genauso viel Angst vor dem ersten Mal wie Mary. Also blieben beide anständig, wenn sie sich sahen. Sex vor der Ehe war nicht drinnen. Und daran wollten sich beide strikt halten. Mary kannte Marc schon seit dem College. Sie wusste nicht, ob sie ihn liebte. Aber ihre Mutter war so glücklich, als sie eines Tages mit Marc nach Hause gekommen war. *„Das ist ein anständiger Junge, Kind. Hast eine gute Wahl getroffen."*, hatte sie gesagt. Sie war stolz darauf, dass sich ihre Tochter einen Jungen aus gutem Hause ausgesucht hatte. Dass er nicht allzu klug war, störte sie nicht. Hauptsache war, er konnte Mary ein Leben in Luxus bieten. Durch ihr Kind erhoffte sie sich auch, ein großes Stückchen von diesem Kuchen abschneiden zu können. Daher behandelte sie Marc immer wie ihren eigenen Sohn und ließ ihm ihre ganze mütterliche Aufmerksamkeit zukommen.

♣♣♣

Mister Green rief Mary in sein Büro.

Als sie eintrat, drückte er ihr den Brief, den sie vor einer halben Stunde auf der Schreibmaschine für ihn geschrieben hatte, in die Hand. Den Fehler hatte er mit einem dicken, roten Stift umkringelt.

„Miss Gray, wie lange arbeiten Sie schon für mich?" Seine Stimme war eiskalt. Er stand am Fenster und sah hinaus, während er das seine Sekretärin in einem strengen Ton fragte.

Mary sah ihn ängstlich an. Sie stand vor seinem Schreibtisch und hielt den Brief in der Hand. Ein roter Kringel um den Tippfehler herum zeigte ihr deutlich, was sie falsch gemacht hatte. „Seit einer Woche, Mister Green.", erwiderte sie kleinlaut. Sie konnte den Blick nicht von dem roten Kringel abwenden.

„Wie viele Zeilen hat der Brief?"

Sie sah auf das Blatt und zählte die Zeilen. „Sechs.", sagte sie leise.

„Und wie viele Tippfehler?", fragte er streng.

„Einen."

„Miss Gray, für was - denken Sie - habe ich Sie eingestellt?"

„Es tut mir leid, Mister Green, ich...", sagte sie eingeschüchtert.

„Miss Gray, Sie sollen sich nicht entschuldigen! Beantworten Sie mir lieber meine Frage!", fiel er ihr barsch ins Wort. Er ging langsam auf sie zu. Als er dicht vor ihr stand, fragte er sie noch einmal: „Für was – denken Sie – habe ich Sie eingestellt?"

„Damit ich ihre Briefe schreibe?" Sie sah ihn fragend an. Sie wusste überhaupt nicht, worauf er hinauswollte.

Er stellte sich hinter sie und flüsterte ihr ins Ohr. „Nein, Miss Gray! Nicht deshalb! Ich habe sie eingestellt, damit Sie meine Briefe *fehlerfrei* schreiben. Das ist ein großer Unterschied."

Mary erzitterte. Sie stand vor ihm und rührte sich nicht. In der Hand hielt sie immer noch den Brief. Sie sah starr auf den roten Kringel um das Wort *Frist*. Sie hatte versehentlich die Buchstaben „r" und „i" vertauscht.

„Und? Habe ich recht?"

Sie nickte.

„Lesen Sie mir vor, was Sie geschrieben haben!"

„First.", sagte sie leise.

„Und was hätten Sie schreiben müssen?"

„Frist."

„Und? Das ist schon ein großer Unterschied, nicht wahr?! Erkennen Sie das?"

„Ja, Mister Green." Sie war kaum zu hören, so leise sprach sie.

„Ich schlage Ihnen jetzt vor, dass Sie schleunigst an ihren Schreibtisch zurückgehen und mir diesen Brief tippen, und zwar ohne einen Fehler! Ich erwarte Sie in zehn Minuten in meinem Büro. Gehen Sie jetzt!"

Mary eilte aus Mister Greens Büro hinaus. Sie setzte sich an die Schreibmaschine, spannte ein neues Blatt Papier ein und tippte den Brief ab. Sie las ihn zweimal. Doch den Fehler, den sie diesmal gemacht hatte, hatte sie leider übersehen. Sie zog den Brief aus der Schreibmaschine heraus und eilte in Mister Greens Büro zurück. Er stand am Fenster. „Ihr Brief, Mister Green. Er ist fertig.", sagte sie leise.

„Legen Sie ihn auf meinen Schreibtisch und gehen Sie wieder an die Arbeit.", befahl Green, ohne einen Blick auf sie zu werfen.

Mary legte den Brief auf den Tisch, drehte sich um und eilte aus seinem Büro hinaus.

♣♣♣

Green stürmte ins Sekretariat. „Machen Sie sich lustig über mich?!", schrie er Mary an.

Mary sah von ihrer Schreibmaschine auf. Sie zitterte. Mister Green stand vor ihr und wedelte mit dem Brief vor ihrer Nase herum. „Nein." Man konnte sie kaum hören.

Er klatschte den Brief auf Marys Schreibtisch. „Was ist das?!"

Sie sah auf den Brief. Es war schon wieder ein roter Kringel um ein Wort gemalt. Doch diesmal war es ein anderes Wort, das sie versehentlich falsch geschrieben hatte. Obwohl sie sich den Brief zweimal durchgelesen hatte, bevor sie ihn Mister Green brachte, hatte sie den Fehler nicht bemerkt.

„Bitte entschuldigen Sie, Mister Green…", stammelte sie.

„Schreiben Sie sofort den Brief neu! Und wehe Ihnen, ich finde wieder einen Fehler!", fegte er sie bösartig an. Er verließ das Sekretariat.

♣♣♣

„Wo bleibt mein Brief, Miss Gray?!", hörte sie ihn aus seinem Büro schreien.

„Ich komme gleich, Mister Green." Sie zog den Brief aus der Schreibmaschine, überflog die Zeilen und eilte in Mister Greens Büro.

„Legen Sie den Brief auf den Schreibtisch!", befahl er ihr. Er stand am Fenster und sah hinaus.

Mary legte den Brief auf seinen Schreibtisch und hastete wieder hinaus.

♣♣♣

Sie saß vor ihrer Schreibmaschine und tippte irgendein Schreiben. Mister Green war schon eine halbe Stunde lang ruhig in seinem Büro. *‚… wahrscheinlich hat jetzt endlich alles gepasst… Gott sei Dank…'* Sie atmete erleichtert auf. Es war ihr unangenehm, zweimal hintereinander in ein und demselben Brief einen Tippfehler gemacht zu haben. Normalerweise passierte ihr das nicht. Aber Mister Green machte ihr mit seiner Art Angst. Er verunsicherte sie. Nur so konnte sie sich ihren Fehler erklären. *‚… o Gott…'* Plötzlich hörte sie ihn furchtbar laut und wütend schreien.

Mister Green stürmte in ihr Büro. Er schmiss ihr den zerknüllten Brief auf den Tisch. „Sie müssen doch nur Briefe fehlerfrei tippen und ans Telefon gehen. Mehr müssen Sie doch den lieben langen Tag lang nicht machen. Ist das wirklich so schwer?!", brüllte er sie an.

Sie schüttelte den Kopf.

„Wieso haben Sie's dann nicht richtig gemacht?! Wollen Sie mich ärgern? Tun Sie das absichtlich?"

„Nein, Mister Green. Wirklich nicht. Es tut mir leid…"

„Hören Sie auf mit Ihren Entschuldigungen!", schrie er sie an. Er war wütend. „Es wird doch wohl möglich sein, dass ich meinen Brief ohne Tippfehler bekomme?!"

„Ja, Mister Green.", erwiderte sie leise.

Green eilte aus dem Zimmer.

♣♣♣

Green saß hinter seinem Schreibtisch. Er erhob sich von seinem Sessel und lief im Büro auf und ab wie ein wildes Tier. Er kämpfte innerlich mit sich. Er war sich nicht sicher, ob er zulassen dürfe, dass ihn seine wilde Leidenschaft, seine abnormale Begierde bis ins Büro verfolgte. Er fühlte, dass er seine Besessenheit nicht mehr unter Kontrolle halten konnte. Sie übernahm in langsamen Schritten die Herrschaft über ihn, ließ ihn seine Beherrschung verlieren, geilte ihn auf, obwohl er versuchte, seine Gefühle zu unterdrücken. Sie war mächtiger als sein Wille. Sie wollte ihn brechen, sie hatte ihn gebrochen, und zwar in dem Moment, als er darüber nachdachte, ob er zulassen dürfe, dass ihn seine wilde Leidenschaft zur Gewaltbereitschaft einholen dürfe. Diese enormen Lustgefühle, die er empfand, wenn er nachts in den Bordellen seine Huren schlug, kamen plötzlich über ihn und er fühlte sich ihnen ausgeliefert. Sie trieben ihn an, seine Sekretärin bestrafen zu wollen, bestrafen zu wollen dafür, dass sie den Brief immer wieder mit Tippfehlern abgegeben hatte. Unkontrolliert, ja, das war er. Aber das durfte nicht sein. Der Drang, Miss Gray zu bestrafen, weil sie den Brief bereits das dritte Mal falsch abgeschrieben hatte, wuchs ins Unermessliche. Wieso konnte sie ihn nur nicht fehlerfrei schreiben?! Wollte sie ihn absichtlich ärgern? Aus der Haut fahren lassen? So als wüsste sie um sein sexuelles Verlangen? Seine Abnormitäten? Es ließ ihm keine Ruhe mehr. Er war nicht mehr Herr über seine Sinne, er war nicht mehr Herr über sich selbst. Er hatte die Beherrschung verloren, sich nicht mehr in der Gewalt.

Er eilte zur Tür. „Miss Gray, kommen Sie sofort in mein Büro! Und bringen Sie den Brief mit!", brüllte er durch die Tür.

♣♣♣

Miss Gray betrat sein Büro.

Green stand am Fenster und ging auf sie zu. Er stellte sich hinter sie. „Legen Sie den Brief auf meinen Tisch!", hauchte er ihr ins Ohr.

Sie erzitterte. Sie ging auf den Schreibtisch zu und legte den Brief auf den Tisch.

„Und jetzt bücken Sie sich über den Schreibtisch!"

Mary sah ihn fragend an. „Wie meinen Sie das? Über den Schreibtisch bücken? Ich verstehe nicht."

„Legen Sie Ihre Hände auf den Schreibtisch! Stützen Sie sich mit den Ellenbogen auf dem Tisch ab.", befahl er ihr in seinem üblichen, strengen Ton.

Mary war sprachlos. Sie stand vor Greens gewaltigem, aus massivem Holz gearbeitetem Arbeitstisch und rührte sich nicht.

„Los! Ich habe nicht ewig Zeit, Miss Gray!", zischte er sie giftig an.

Mary bückte sich über den Tisch. Die Hände legte sie auf die Tischplatte und mit den Ellenbogen stützte sie sich ab. Dabei streckte sie unweigerlich ihren knackigen Hintern in die Höhe. Der knielange Rock wurde dabei über die Beine gezogen und entblößte ihre Knie. Ihre prallen Brüste pressten sich durch den Stoff. Ihre Bluse spannte. Mary fühlte eine gewisse Erregung, als sie nach vorne gebückt über Mister Greens Schreibtisch stand.

„Spreizen Sie Ihre Beine!", sagte er bestimmt. Greens Stimme klang eiskalt.

Mary stellte seine Befehle trotz der seltsamen Vorgehensweise nicht in Frage. Sie spreizte die Beine. Plötzlich fühlte sie, dass sie nass wurde. Sie wusste nicht, ob das ein Spiel sein sollte, oder ob es normal war, was sie gerade machte. Mehr als eine Woche Büroerfahrung hatte sie noch nicht. *‚... vielleicht ist das normal...‘,* dachte sie in ihrer Naivität. *‚... vielleicht sind alle Chefs so... vielleicht müssen das alle Sekretärinnen machen...‘* Gespannt wartete sie ab, was als nächstes passieren würde.

Er stellte sich dicht hinter sie. „Lesen Sie jetzt den Brief laut und deutlich vor.", befahl er ihr.

Mary begann zu lesen. Plötzlich fühlte sie einen ziehenden Schmerz auf ihrem Hintern. Mister Green hatte ihr tatsächlich mit der flachen Hand auf den Hintern geschlagen. Sie hörte sofort auf zu lesen.

„Lesen Sie weiter!", befahl er in einem strengen Ton.

Mary zögerte für einen kurzen Moment, dann las sie weiter. Die ganze Zeit, während sie den Brief las, schlug er ihr mit der flachen Hand immer wieder auf den Hintern. Ihre Pobacken glühten bereits. Sie wusste nicht, ob es richtig war, was er tat, ob es richtig war, dass er sie schlug, ob es richtig war, dass sie Lust dabei empfand. Aber es gefiel ihr. Sie ließ es ohne Murren zu. Und da es Mister Green tat, konnte es ja nicht verkehrt sein, dachte sie. Mister Green wusste doch immer genau, was er tat. Nein, es konnte nichts Falsches sein. Und doch fühlte sie in ihrem Inneren, dass sie niemandem erzählen dürfe, dass er ihr den Po versohlt hatte, während sie ihm den Brief, den sie bereits das dritte Mal falsch abgeschrieben hatte, laut vorlesen musste. Nachdem sie ihm den Brief vorgelesen hatte, hörte er auch damit auf, sie zu schlagen.

„Lesen Sie ihn noch einmal!", befahl er laut.

Mary begann, den Brief von vorne zu lesen. Green schlug ihr nach jedem dritten Wort fest auf den Hintern. Lustvoll las sie den Brief bis zum Ende.

Exakt dreimal musste sie ihm den Brief laut vorlesen. Sie genoss die Schläge.

Als sie fertig war, hörte Green auf, ihr auf den Arsch zu schlagen. Er ging um den Schreibtisch herum zu seinem Bürostuhl. Vor ihr ließ er sich gemächlich in den Sessel fallen und sah ihr tief in die Augen. „So, Miss Gray, und jetzt schreiben Sie den Brief gefälligst noch mal! Und diesmal ohne Fehler! Sonst muss ich Sie wieder bestrafen. Haben wir uns verstanden?"

„Ja, Mister Green." Sie lächelte ihn an, richtete sich wieder auf, nahm den Brief vom Tisch und verließ sein Büro.

♣♣♣

Mary stand vor dem Spiegel. Sie zog sich den Rock über den Hintern. Den Slip schob sie in ihre Arschspalte. Beide Pobacken waren feuerrot.

Sie sah in den Spiegel und grinste ihr Spiegelbild an. „Mister Green... o ja, schlag' mich!", hauchte sie ihrem Spiegelbild zu. Sie zog sich den Slip von den Beinen und berührte mit der Hand ihre Möse. Sie massierte sich zärtlich, während sie an ihren Chef dachte. Mit dem Finger fuhr sie entlang ihrer Spalte auf und ab, bis sie tief in sich eindrang, den Finger wieder herauszog und sich den Geilheitssaft genießerisch vom Finger leckte. Sie fühlte, dass ihr heiß wurde. Der Gedanke an Mister Green und der Schmerz auf ihrem Hintern erregten sie sehr. Sie rieb sich immer schneller, sie rieb immer fester an ihren Schamlippen, die vor Geilheit dick anschwollen, während sie sie mit ihrer Hand lustvoll bearbeitete. Als sie kam, stöhnte sie laut seinen Namen. Dass noch eine andere Sekretärin auf der Toilette saß und genau gehört hatte, wie sie immer wieder den Namen ihres Chefs rief, als sie vor Erregung laut stöhnte, hatte Mary nicht bemerkt. Als sie ihren Orgasmus bekam, rief sie ein letztes Mal leise seinen Namen. Sie zog sich rasch den Slip wieder an und verließ die Toiletten.

♣♣♣

Mary erregten die Bestrafungen, die sie durch Mister Green erfuhr, so sehr, dass sie absichtlich Fehler in ihren Briefen machte, um immer wieder aufs Neue von Mister Green bestraft zu werden. Die festen Schläge auf ihrem Arsch geilten sie auf. Seine Bestrafungen gingen sogar so weit, dass sie auf allen vieren demütig in seinem Büro herumkriechen musste, bevor er ihr den Hintern mit der flachen Hand versohlte. Manchmal zog er sich den Gürtel aus, um sie zu schlagen, manchmal schlug er sie sogar mit der Peitsche, die er in seinem Pult versteckt hatte. Mary tat alles, was er von ihr verlangte. Noch niemals hatte sie so viel Lust empfunden. Noch nicht einmal, wenn sie von Marc geküsst wurde. Eher langweilig fand sie Marcs Küsse. Es regte sich nichts in ihrem Unterleib, wenn er sie in Händen hielt. Das war bei Mister Green etwas ganz anderes. Sie wurde nass, wenn er sie schlug, oder sie vor ihm auf dem Boden herumkriechen musste, um ihn um Verzeihung zu bitten, weil sich wieder ein Tippfehler in ihren Brief eingeschlichen hatte, den sie übersehen hatte. Mit jeder neuen Bestrafung hoffte sie, dass er sie auch einmal unten anfassen würde, dass er ihre Brüste berühren würde. Mit der Hand zärtlich über ihren Arsch streichelte. Doch nichts von all dem tat er. Er fasste sie nicht an. Er schlug sie nur. Das war alles. Mit jedem neuen Tag im Büro wurde sie heißer auf ihn. Sie war bereit, von ihm genommen zu werden. Sie träumte schon tagsüber davon, dass er sie endlich mit seinem großen, harten Schwanz ficken würde. Und sie wurde immer geiler.

♣♣♣

„Miss Gray! Kommen Sie sofort in mein Büro!", zischte es laut durch die Lautsprecher.

„Aber Mister Law wartet schon seit zehn Minuten auf Sie.", sagte sie leise durch die Sprechanlage.

„Lassen Sie ihn warten! Kommen Sie sofort in mein Büro!"

Mary fühlte sich glücklich, weil sie ihm wichtiger war als Mister Law. Sie eilte in sein Büro.

Er befahl ihr, sich über seinen Tisch zu beugen. „Los! Ziehen Sie sich den Rock über den Hintern!"

Mary zog sich langsam den Rock über die Beine. Sie hoffte, dass es heute passieren würde; das heute der Tag wäre, an dem sie das erste Mal Mister Greens großen Schwanz zwischen ihren Beinen spüren würde. Sie war sehr erregt.

„Ziehen Sie sich die Strumpfhosen herunter! Und den Slip!", befahl er. Seine Stimme zitterte vor Erregung.

Mary zog sich lustvoll ihre Strumpfhosen und den Slip aus. Halbnackt stand sie nun mit gespreizten Beinen vor ihrem Chef. Sie hatte am Morgen absichtlich wieder einen Fehler gemacht. Sie hatte sich bei seiner Unterschrift vertippt. Nun wartete sie sehnsüchtig darauf, dass er endlich seinen großen, harten Schwanz in ihre Möse schob. Sie hatte sein Glied zwar noch nie gesehen, aber sie hatte sich nachts, wenn sie sich selbst berührt hatte, seinen Schwanz immer groß und hart vorgestellt. Und sie masturbierte fast jede Nacht, so geil war sie auf ihren Chef, der sie tagsüber schlug und demütigte. Und sie genoss es zu gehorchen. Sie war sein Spielzeug aus Leidenschaft. Lustvoll streckte sie ihm ihren weißen, knackigen Po entgegen. Sie wartete. Plötzlich fühlte sie seine Hände auf ihrem Hintern.

„Mister Green, bestrafen Sie mich. Ich war unanständig. Habe den Brief nicht richtig geschrieben... nicht richtig schreiben wollen. Ich bin schlecht. O bitte, bestrafen Sie mich!", flehte sie ihn leise an, während sie ihm ihren nackten Arsch entgegenstreckte.

„Halten Sie den Mund, Miss Gray!", fegte er sie bösartig an. Er wollte absolute Stille. Green zog ihr langsam die Arschbacken weit auseinander. Er befeuchtete seine Schwanzspitze sowie Marys Arschloch mit Speichel, dann stieß er ihr seinen harten, großen Schwanz ins Arschloch. Er begann, sie tief und fest zu stoßen.

„Wie gefällt es Ihnen, Miss Gray?" Seine Stimme bebte. Er war sehr erregt.

„Sehr...", stöhnte sie.

„Sagen Sie: *ficken Sie mein Arschloch, Mister Green. Und wenn Sie damit fertig sind, dann stoßen Sie mir Ihren harten, großen Schwanz in die Fotze.* Los! Sagen Sie das!" Er schlug ihr fest auf den nackten Po.

„O Mister Green...", stöhnte Mary. Sie wiederholte exakt seine Worte.

Er zog seinen Schwanz wieder aus ihrem Arschloch heraus und stieß ihn ihr tief in die Möse. Nun begann er, sie abwechselnd in den Arsch und in die Möse zu ficken. Mary stöhnte ohne Unterlass. Sie hatte schon so lange darauf gewartet, dass er sie mit seinem Schwanz beglücken würde. Sie hatte sich von ihm schlagen lassen und dabei große Lust empfunden. Sie ließ sich nun von ihm ficken und empfand noch größere Lust dabei. Noch nie hatte ihr irgendjemand so viel Lust bereitet wie Mister Green. Er war einfach göttlich. Er war der Beste. Ihm wollte sie bis an ihr Lebensende gehorchen. Ein anderes Leben konnte sie sich nicht mehr vorstellen. Wie könnte sie jemals einen Mann lieben, der sie nicht schlug, sie nicht so demütigte wie Mister Green? Nein, sie hatte nun seine Welt kennen und lieben gelernt. Etwas anderes wollte sie nicht mehr.

„Ich komm' gleich...", stieß er erregt aus. Er zog seinen Schwanz aus ihrer Möse und spritzte sein Sperma auf ihren Hintern.

Mary fühlte die warme Nässe auf ihrem Rücken. Es fühlte sich gut an.

„Drehen Sie sich um, Miss Gray!", stieß er laut aus.

Sie befolgte seinen Befehl.

„Auf den Boden mit Ihnen! Los! Hinknien... sofort!"

Mary kniete sich vor ihn auf den Boden.

„Und jetzt lecken Sie meinen Schwanz. Saugen Sie den letzten Tropfen meines Saftes heraus!" Sein Penis war dick und lang und versprach großes Vergnügen, wenn er erst einmal in einem steckte. Davon hatte sich Mary ja schon überzeugen können.

Mary leckte genüsslich über seine Eichel. Sie spielte mit der Zungenspitze an seiner kleinen Öffnung. Nahm seinen ganzen Schwanz in den Mund. Saugte an ihm. Er schmeckte gut. Er stöhnte. Langsam richtete sich sein Glied wieder auf. „Ziehen Sie Ihre Bluse aus!"

Während Mary an seinem Schwanz leckte, knöpfte sie ihre Bluse auf.

„Los! Runter damit!", sagte er erregt.

Sie zog sich die Bluse aus. Nunmehr trug sie nur noch ihren BH.

„Runter mit dem BH!", stieß er leise aus

Mary zog sich den BH aus.

Green zog seinen Schwanz aus ihrem Mund. Er rieb mit seiner Hand fest an seinem Schwanz. Als er kam, spritzte er auf ihren prallen Brüsten ab.

„Und jetzt ziehen Sie sich gefälligst wieder etwas an." Er ging hinter seinen Schreibtisch, zog sich den Reißverschluss hoch und setzte sich. Er beobachtete sie. Sie knöpfte sich gerade die Bluse zu. „Haben Sie den Vertrag, den ich Ihnen heute Morgen gegeben habe, schon fertig?"

„Noch nicht, Mister Green."

„Dann tippen Sie ihn gefälligst jetzt! Ich brauche ihn in einer halben Stunde. Und für jeden Tippfehler versohle ich Ihnen ihren süßen Arsch! Haben wir uns verstanden?"

Sie nickte. „Ja, Mister Green."

„Dann sagen Sie Mister Law, er darf jetzt zu mir. Aber ich habe nur eine halbe Stunde Zeit für ihn. Sagen Sie ihm das."

„Ja, Mister Green."

Mary wandte sich von ihm ab und verließ das Zimmer. Sie führte Mister Law in sein Büro, nachdem sie ihm vorher mitgeteilt hatte, ihr Chef habe nur eine halbe Stunde Zeit für ihn. Dann setzte sie sich an ihre Schreibmaschine und tippte den Vertrag.

Natürlich hatte sie den Vertrag nicht fehlerfrei getippt.

Sie wollte von Mister Green bestraft werden, sie genoss es, wenn er ihr auf den Arsch schlug.

♣♣♣

Eine halbe Stunde später.

Sie betrat sein Büro. Mister Law war schon weg.

In der Hand hielt sie den Vertrag. Sie ging auf seinen Schreibtisch zu. Sie bückte sich über den Tisch. Verführerisch sah sie ihn an. „Sie müssen mich bestrafen, Mister Green. Ich befürchte, ich habe den Vertrag nicht fehlerfrei geschrieben. Es sind Tippfehler drin... viele Tippfehler."

Green erhob sich von seinem Stuhl. „Miss Gray! Wann und ob überhaupt ich Sie bestrafe, liegt nicht bei Ihnen! Das entscheide ich ganz allein. Gehen Sie jetzt! Sofort! Raus hier!", fegte er sie bösartig an.

Irritiert über Greens Rauswurf, verließ Mary hastig das Büro.

Sie setzte sich vor die Schreibmaschine und verstand überhaupt nicht, was sie falsch gemacht hatte.

♣♣♣

Eine Stunde später.

„Kommen Sie sofort in mein Büro!" Green brüllte lauter als sonst.

Als sie das Zimmer betrat, schlug er ihr den Vertrag um die Ohren. „Das ist eine Zumutung, Miss Gray. Was haben Sie sich nur dabei gedacht?!"

Sie sah ihn erwartungsvoll an.

„Los! Ziehen Sie sich den Slip und die Strumpfhose aus.", befahl er ihr.

Mary zog sich langsam die Strumpfhosen von den Beinen. Lustvoll entledigte sie sich des Slips.

„Rock hochziehen!" Greens Glied schwoll immens an.

Mary zog sich den Rock über den Hintern.

„Setzen Sie sich auf den Tisch!"

Mary setzte sich mit ihrer nackten Scham auf den Holztisch. Der Geilheitssaft lief ihr aus der Möse.

Green setzte sich auf seinen Bürosessel. Sie saß direkt vor ihm. „Spreizen Sie die Beine!"

Sie spreizte die Beine. *‚... was hat er jetzt vor?...'*, fragte sie sich insgeheim. Sie konnte sich überhaupt nicht vorstellen, was sie nun erwarten sollte.

„Weiter! Spreizen Sie sie weiter!"

Sie spreizte ihre Beine noch weiter.

Green bückte sich vor zu ihr und betrachtete eingehend ihre feuchte Spalte. Mary hatte eine herrliche, geschwollene Scheide, die sich Mister Green derart appetitlich anbot, dass er am liebsten gleich hineingebissen hätte, um diese lustvolle Leckerei zu vernaschen, sie richtiggehend zu verspeisen. Er biss kurz in ihre linke Arschbacke und fuhr dann mit dem Zeigefinger die volle Länge ihrer Spalte nach. Von ihrer Rosette bis zu ihrem geschwollenen Kitzler. Als er dort ankam, zuckte sie leicht zusammen. O ja! Sie war bereit! Jetzt näherte sich sein Gesicht ihrer Lustzone. Ihr Duft war angenehm. Sie roch nach Rosenblüten. Nun war der Augenblick gekommen, dass er sich nicht mehr beherrschen konnte. Er berührte ihre Möse mit der Zunge.

‚... o Gott... was tut er denn mit seiner Zunge... o ja, ist das geil... o Mister Green...', schoss ihr durch den Kopf. „Mister Green...", stöhnte sie, als sie seine Zunge auf ihrer Möse spürte. „... was tun Sie denn da? O Gott, mir wird ganz anders..."

Unter ihrem neugierigen Blick begann er, ihre Spalte auszulecken. Sie bekam eine Gänsehaut, die seine Lippe kitzelte, und sie wusste, er wollte ihre Säfte auf seiner Zunge schmecken. „Gefällt es Ihnen? Macht es Sie geil, wenn ich Ihnen mit meiner langen Zunge über die Fotze lecke?"

„O ja, Mister Green. Das ist geil...", hauchte sie.

Er fasste sie an den Schenkeln und drückte ihre Beine noch weiter auseinander. Er saugte an ihren Schamlippen. Mary bewegte ihren Unterleib und stöhnte, denn sie mochte es sehr, wie er seine Zunge durch ihre Falten rieb. Ihr geschwollener Kitzler bebte vor Geilheit. Mary war jetzt so weit, dass sie ihm ihre Spalte förmlich ins Gesicht stieß. „Lecken Sie mich härter, Mister Green! Jetzt! Ich brauche es. Ich brauche es, verdammt!" Green leckte sie härter. Und als sie am lautesten stöhnte, stieß er ihr seine Zunge tief ins Mösenloch. Als er ihren Kitzler abermals berührte, fasste sie ihm ins Haar und drückte seinen Kopf noch fester gegen ihre Scham. Mary konnte sich nicht vorstellen, dass es etwas Geileres im Leben gab als das. Davon hatte sie noch nie gehört. Sie hatte nicht gewusst, dass man mit der Zunge bis zum Höhepunkt geleckt werden konnte. Sie schrie laut seinen Namen, als sie zum Orgasmus kam.

Er erhob sich. „Ziehen Sie sich wieder an! Wenn sie noch einmal einen Tippfehler machen, dann werde ich Ihnen meine Zunge das nächste Mal nicht in die Fotze, sondern in den Arsch schieben!"

„In den Arsch?" Sie sah ihn ungläubig an. Irgendwie konnte sie das nicht glauben.

Doch er antwortete nicht, sondern schickte sie wieder an die Arbeit.

♣♣♣

Am nächsten Morgen.

„Miss Gray!", brüllte Green.

Mary lief hastig in sein Büro. Sie hatte am Abend den zweiten Vertrag absichtlich falsch geschrieben, nur um zu erfahren, wie es sich anfühlen würde, wenn er ihr zur Bestrafung die Zunge in den Arsch schob. Am Morgen hatte sie deshalb noch schnell ein Vollbad genommen, bevor sie zur Arbeit fuhr.

Green saß in seinem Sessel. „Bücken Sie sich über den Tisch!", befahl er ihr.

Mary bückte sich über den Tisch. Sie spreizte automatisch schon die Beine. Den Slip hatte sie bereits ausgezogen und in ihre Strumpfhose hatte sie mit der Schere ein großes Loch geschnitten. Sie traute sich nicht, ohne Strumpfhose im Büro zu erscheinen. Schließlich wusste sie nicht, was die anderen sagen würden, wenn sie das sähen. Und sie wollte im Büro nicht für neuen Gesprächsstoff sorgen. Sie wusste, dass die anderen Weiber immer gerne tratschten.

Green erhob sich von seinem Stuhl. Er ging zu Mary, stellte sich hinter sie und bückte sich. Er ging vor ihr auf die Knie. Er schlug ihr mehrmals mit der flachen Hand fest auf den blanken Hintern. Marys Arschbacken brannten wie Feuer. Plötzlich zog er ihr die Pobacken auseinander. Sie fühlte keinerlei Scham, als sie plötzlich seine Zunge in ihrem Anus spürte. „O Mister Green...", stöhnte sie laut. Sie war überwältigt, überwältigt von so vielen Lustgefühlen. Für Mister Green zu arbeiten war für sie so fantastisch. Sie konnte sich nicht vorstellen, jemals wieder für einen anderen Chef zu arbeiten. Außer sie bekäme dieselbe Behandlung wie durch Mister Green. Doch sie war überzeugt davon, dass es eher außergewöhnlich war, von einem Chef derart behandelt zu werden. Laut schrie sie immer wieder seinen Namen. Noch kein einziges Mal hatte sie ihn geduzt, seit sie für ihn arbeitete.

Sie streckte ihm ihren Arsch entgegen und genoss die Zunge ihres Chefs. Nie wieder würde sie ihre Briefe richtig schreiben. Nie wieder Verträge ohne Fehler abgeben. Nie wieder darauf verzichten, von ihrem Chef geschlagen zu werden. Nie wieder darauf verzichten, auf allen vieren in seinem Büro vor ihm zu kriechen. Sie glaubte nicht, dass so etwas möglich war. Sie wusste nicht, ob andere Sekretärinnen dasselbe erlebten wie sie mit ihrem Chef. Sie wusste aber ganz sicher, dass sie nie wieder etwas anderes erleben wollte als die Demütigungen und Schläge, die sie durch ihren Chef erfuhr. Er hatte einen großen, harten Schwanz, der sie voll und ganz befriedigte. Sie genoss es, wenn er ihr Fötzchen fickte, sie genoss es, wenn er ihr süßes Arschloch fickte. Sie liebte es, seine Zunge auf ihrer Möse zu spüren, zu fühlen, wie er an ihren Schamlippen saugte, und sie genoss es, wenn er seine Zunge in ihr süßes, kleines Arschloch stieß. Niemand leckte so gut über ihre Pobacken wie Mister Green. Sie war fest davon überzeugt, dass sie diesen Mann von Herzen liebte.

Als er sie zum Höhepunkt geleckt hatte, schickte er sie wieder an die Arbeit zurück. Sie musste ihm an diesem Tag zehn Briefe schreiben. Und keinen einzigen schrieb sie feherfrei. Sie freute sich schon auf ihre Bestrafung. Sie wusste, dass er es am nächsten Tag wieder tun würde.

Lächelnd brachte sie ihm die Unterschriftsmappe am Abend ins Büro. „Brauchen Sie noch etwas, Mister Green?", fragte sie ihn und leckte sich verführerisch über die Lippen.

„Nein, Miss Gray. Sie dürfen gehen. Bis morgen dann."

Mary drehte sich um, wackelte auffällig mit ihrem Hintern, als sie zur Tür lief, und verließ sein Büro. „Bis morgen, Mister Green.", rief sie ihm noch zu, bevor sie die Tür zuwarf.

♣♣♣

Am Abend in Marys Kinderzimmer.

Mary lag im Bett und dachte an Mister Green. Sie erinnerte sich daran, wie er ihr heute übers Arschloch geleckt hatte. Sie dachte an seine lange Zunge, als er sie ihr in den Arsch gestoßen hatte, sie dachte daran, als er ihr sein steifes Glied in den Hintern gerammt hatte. Bei all diesen schönen Gedanken wurde sie wieder furchtbar spitz. Sie zog sich den Slip aus, spreizte die Beine und berührte sich. Fest massierte sie ihre Möse. Sie zwickte sich mit den Fingern immer wieder fest in die Schamlippen, um sich an dem Schmerz aufzugeilen. Doch es reichte ihr nicht. Es befriedigte sie nicht im Geringsten. Es war nicht dasselbe. Nicht so, wie wenn es ihr Chef getan hätte. Mister Green biss anders in ihre Schamlippen. Genussvoller, geiler. Sie wälzte sich im Bett hin und her, rieb sich ihre Möse, doch es wollte einfach nichts passieren. Plötzlich richtete sie ihren Blick auf die Obstschale.

Sie sprang aus dem Bett und griff nach der Banane. Langsam führte sie die Banane in ihre Scheide ein. Mister Greens Schwanz fühlte sich zwar besser an, härter als die Banane, aber es reichte für den Moment. Morgen würde sie sicherlich wieder in den Genuss kommen, seinen harten Schwanz zwischen ihren Beinen zu spüren. Während sie sich mit der Banane befriedigte, schob sie sich ihren Füller tief ins Poloch und rieb mit ihm auf und ab. „O Mister Green...", stöhnte sie leise, während sie sich in ihrem Bett befriedigte. Ihr Orgasmus kam recht heftig. Sie zog die Banane wieder aus ihrer Möse heraus. Lächelnd schälte sie sie und aß das Innere dieser leckeren Frucht mit Genuss. Sie überlegte, welchen kurzen Rock sie morgen anziehen sollte. Sie wollte besonders hübsch aussehen, wenn sie wieder von Mister Green bestraft werden würde. „Ja... genau." Mary war zufrieden mit ihrer Auswahl. Zufrieden und befriedigt schlief sie an diesem Abend ein. Sie träumte von Mister Greens großem Schwanz.

♣♣♣

Am nächsten Morgen.

Mary entdeckte den Brief sofort. *An Miss Gray* stand auf dem Umschlag. Sie öffnete den Brief. Sie brach in Tränen aus, als sie den Brief las.

Liebe Miss Gray,

es tut mir sehr leid, aber wir können so nicht mehr weitermachen.

Bitte, verzeihen Sie mir, wenn ich Ihnen zu nahe getreten bin.

Nehmen Sie diesen Scheck. Ich hoffe, er deckt Ihre Unkosten bis Ende des Monats. Ich erwarte, dass Ihr Schreibtisch leergeräumt ist, wenn ich morgen von meiner Geschäftsreise zurückkehre.

Legen Sie die Schlüssel einfach auf meinen Tisch! Dies ist mein letzter Befehl an Sie. Ich erwarte, dass Sie mir gehorchen!

Es tut mir leid.

Bitte, verzeihen Sie mir.

Edward Green

Mary las den Brief immer und immer wieder. Am Nachmittag erst raffte sie, welche Konsequenzen das für ihre Zukunft hatte.

Sie packte ihre persönlichen Sachen und verließ Mister Greens Kanzlei.

♣♣♣

Am nächsten Morgen.

Mary stürmte in Mister Greens Büro.

„Was tun Sie hier, Miss Gray? Sie sind nicht mehr befugt, diese Räume zu betreten!"

„Ich liebe Sie, Mister Green!", rief sie ihm zu und fiel vor ihm auf die Knie. „Bitte, bestrafen Sie mich! Ficken Sie meine Fotze oder mein Arschloch. Lecken Sie mich, wann immer Sie wollen, machen Sie mich zu Ihrer Sexsklavin, aber bitte, kündigen Sie mir nicht." Sie bückte sich und küsste ihm die Füße.

Er zog sie zu sich hoch. „Hören Sie auf damit! Sie lieben mich nicht. Es tut mir leid, aber wir dürfen so nicht mehr weitermachen. Das muss ein Ende haben. Gehen Sie jetzt, Miss Gray."

Sie sah ihn flehend an. „Bitte, schlagen Sie mich, wann immer Sie es wollen... Sie dürfen alles mit mir machen, alles was Sie wollen... egal, welche Strafe Ihnen für mich einfällt, ich werde sie über mich ergehen lassen. Bitte... schlagen Sie mich! Jetzt... wir müssen nicht damit aufhören... bitte."

Green rang mit seinem Gewissen. Er wusste, dass er zwanzig Jahre älter war als sie. Dass sie ihn möglicherweise irgendwann verlassen würde, wenn es für ihn zu spät wäre, wenn er sich in sie verliebt hätte, wenn er nichts mehr bei ihr bewirkt hätte, sie sich womöglich nicht mehr von ihm schlagen ließe, sie ihm sogar verbieten würde, sie jemals wieder zu berühren, ihr süßes Arschloch zu ficken, ihre geile Fotze zu lecken. Nein, er dürfe das nicht zulassen. Er müsse ihrem Charme widerstehen. Er müsse lernen, sich zu beherrschen. Er brauche das alles sicherlich nicht. Es war abnormal, was er von ihr verlangte. Das könne ihr unmöglich gefallen. Das könne sie unmöglich wirklich wollen, unmöglich wollen, dass er sie schlagen würde, wann auch immer es ihm gefiele. Er müsse damit aufhören. Aufhören mit diesen gotteslästerlichen Sünden. „Gehen Sie, Miss Gray! Verschwinden Sie aus meinem Leben! Ich werde Sie nie wieder schlagen... ich werde Sie nie wieder ficken!" Er hatte Angst, große Angst davor, dass sie ihm nur etwas vorlog, um den Job zu behalten. Er hatte Angst davor, ihre Gefühle seien nicht echt.

Sie klammerte sich an ihn. „Bitte, schicken Sie mich nicht weg.", flehte sie ihn an.

Er wusste nun, dass er keine andere Möglichkeit hatte, ihr zu entkommen. „Setzen Sie sich auf meinen Stuhl! Sofort!", befahl er ihr.

Sie gehorchte und setzte sich auf seinen Sessel.

„Und jetzt legen Sie die Hände auf den Tisch!", sagte er.

Mary legte die Hände auf die Tischplatte.

„Bleiben Sie so, bis ich wieder komme!" Green griff nach seiner Jacke und verließ fluchtartig das Büro.

Mary blieb ganze zwei Tage lang auf dem Stuhl von Mister Green sitzen und bewegte sich nicht fort. Mehrmals hatte sie sich ins Höschen gepinkelt. Sie wagte nicht aufzustehen und auf die Toilette zu gehen. Sie hatte Angst, Mister Green käme in diesem Augenblick zurück und wäre erzürnt darüber, dass sie nicht so sitzen geblieben war, wie er es ihr aufgetragen hatte. Sie wartete. Ganze zwei Tage lang. Aber er kam nicht. Völlig erschöpft und fast verhungert verließ sie dann am Ende des zweiten Tages sein Büro. Sie hatte sich geschworen, nie wieder ein Wort mit ihm zu wechseln. Sie fühlte sich von ihm im Stich gelassen. Er hätte zu ihr zurückkommen müssen. Aber er war nicht gekommen.

Das hatte ihr am Ende die Augen geöffnet.

♣♣♣

Mister Green hatte sie zwei Tage lang durchs Fenster beobachtet. Er sah, dass sie an seinem Schreibtisch saß, die Hände auf der Tischplatte hielt und sich nicht wegbewegte. Sie gehorchte. Das gefiel ihm. Er rang mit seinem Gewissen, aber er dürfe seiner Lust, seinem Verlangen, seiner Begierde nicht nachgeben. Es war nicht richtig; sein Sexualverhalten abartig. Sein Arzt habe ihm gesagt, er leide an einer außergewöhnlichen Paraphilie. Er müsse dagegen ankämpfen, beten, dass man den Teufel eines Tages aus ihm austreiben würde. Seine sexuelle Lust sei Teufels Werk. Er müsse dagegen ankämpfen. Nur so könne er auf sein abnormales Bedürfnis nach Gewalt beim Sex verzichten. Schon de Sade war vom Teufel besessen und hatte seine perversen Gedanken sogar zu Papier gebracht. Einige Menschen litten heutzutage auch darunter so wie zu jener Zeit de Sade, aber man müsse sich beherrschen und der eigenen Lust widerstehen. Man müsse sie wieder zur Ordnung bewegen; sie züchtigen, die von dieser Krankheit befallenen Menschen. Alles andere wäre nicht richtig; sei eine Lüge, habe man versucht, den süchtigen Sündern einzureden. Das hatte man Green auch gesagt, als er sich vor einigen Jahren freiwillig hatte einweisen lassen. Doch er wurde nie geheilt. All die Ärzte und Psychiater konnten ihm seine Lust nach Qualen, Schmerzen und Gewalt nicht austreiben. Sie hatten es nicht geschafft, jämmerlich versagt. Das Einzige, was sie bei ihm erreicht hatten, war, sich selbst als abnormal anzusehen, sich anders, als die anderen es waren, zu fühlen. Sie hatten ihm eingeredet, dass andere Menschen unmöglich dieselbe Lust wie er dabei empfinden könnten. Diese Lust sei eine einzige Lüge, hatte man ihm eingehämmert. Um der unerträglichen Strombehandlung in der Psychiatrie zu entkommen, hatte er eines Tages einfach eingelenkt und alles geglaubt, was ihm die Ärzte erzählten. Als er entlassen wurde, hatte er das Gefühl, endlich geheilt zu sein. Doch Miss Gray hatte seine dunkle Seite aus seinem tiefsten Inneren einfach wieder hervorgeholt, den Teufel in ihm einfach wieder freigelassen. Seine Seele war verdammt.

Green litt fürchterlich.

Er hatte das starke Gefühl, in Miss Gray seine Partnerin fürs Leben gefunden zu haben. Sie schien mit Begeisterung und aus purer Leidenschaft seine Lust mit ihm zu teilen. Aber es war falsch. Und aus diesem Grund tat er nichts dagegen, als sie am zweiten Tag sein Büro verließ. Er hatte nicht versucht, sie aufzuhalten; nichts unternommen, als sie für immer aus seinem Leben verschwand. Bereut hatte er es jedoch ein Leben lang, denn niemals wieder hatte er eine Frau gefunden, die so war, wie seine Miss Gray.

♣♣♣

Zwei Monate später.

Mister Stone rief Mary in sein Büro. Sie arbeitete erst seit 2 Tagen für ihn als Sekretärin. „Dieser Brief hat nur 5 Zeilen, aber über 30 Tippfehler! Was soll das?! Sind Sie Analphabetin?!"

Mary senkte ihren Blick. Sie lief auf Stones Schreibtisch zu, legte ihre Hände auf das Pult, bückte sich herunter und stützte sich mit ihren Ellenbogen auf der Tischplatte ab. Ihren Hintern streckte sie in die Höhe. „Schlag' mich!", rief sie ihm erregt zu. „Ich war ein böses Mädchen." Sie schloss die Augen und dachte an Mister Green. Sie stellte sich vor, wie er sie an einen Baum fesselte und ihr seinen großen, harten Schwanz tief in die Möse schob, um sie zu ficken.

Mary wurde furchtbar nass. Der Geilheitssaft lief ihr aus der Möse. „Mister Green... o ja... ficken Sie meine Fotze... tiefer... schneller...", stöhnte sie kaum hörbar. *„Guuuuuut* machen Sie das..."

Sie hatte ihn niemals vergessen.

7

Die Hure Julia

Sofias Spielzeug.

Rom.

Im Jahr 1972

Julia fuhr sich mit der Hand durch ihr rotbraun gewelltes, langes Haar. Ihr war nicht wohl bei der ganzen Sache. „Ein ganzes Wochenende also?“, fragte sie.

Alesandro nickte. „Aber du musst alles tun, was sie dir sagt. Ficken, wenn sie es will, ihre Fotze lecken, wenn sie es dir befiehlt, ihr Arschloch küssen... und wenn sie einen Dreier will, dann musst du dich von mir ficken lassen, während du sie mit deiner Zunge befriedigst... na ja, und Prügel gibt's eventuell auch ab und zu.“

„Prügel?“ Sie sah ihn misstrauisch an.

Alesandro nickte wieder. „Ja. Wenn sie's befiehlt, dann muss ich dich schlagen. Adriano hat gesagt, das sei kein Problem. Du würdest alles machen, hat er gesagt.“

Julia überlegte kurz. „Das kostet dann aber extra. Und ich will das Geld im Voraus. Bar, versteht sich.“ Ihr war unbehaglich zumute, aber sie brauchte das Geld. Außerdem würde sie mit ihrem Zuhälter nur unnötig Ärger bekommen, wenn er herausfände, sie hätte einem Kunden abgesagt oder ihn aber nicht zuvorkommend behandelt.

„In Ordnung. Aber es darf absolut nichts schieflaufen. Es muss auch alles richtig echt wirken. Das heißt: Du musst nicht nur gut ficken, du musst auch gut schauspielern können. Das war auch die einzige Bedingung, die ich Adriano gestellt habe. Das Mädchen muss eine gute Show abliefern. Adriano hat gesagt, du kannst das. Sonst hätte ich dich nämlich nicht ausgewählt. Und? Traust du dir das nun zu, so wie ich's dir gerade erklärt habe?“

Julia nickte. „Klar. Das krieg' ich schon hin. Sie wird zufrieden mit mir sein.“ Ihr war immer noch mulmig zumute und am liebsten hätte sie die ganze Sache abgeblasen. Es hörte sich so krank an. Aber die meisten ihrer Kunden waren krank im Kopf und verlangten von ihr immer Unmögliches. Und aus Liebe zu Adriano hatte sie die abstrusen Wünsche ihrer Freier auch immer zur vollsten Zufriedenheit erfüllt. Sie wusste, er würde ihr am nächsten Tag seine Liebe zeigen, wenn sie seine Kunden gut bediente. Sie liebte ihn. Diese Liebe war ihr vor langer Zeit zum Verhängnis geworden und das wusste Adriano genau. Schließlich hatte er sie zur Hure gemacht, als sie ihm ihre bedingungslose Liebe gestanden hatte.

„Also gut, ich verlasse mich darauf, dass alles klappt.“

„Klar. Wann soll ich denn da sein?“

„Morgen früh. Bis neun schläft sie und dann will ich sie gleich mit dir überraschen. Also sei eine Viertelstunde eher da...“ Er sah auf die Uhr. „Oder nein. Sei um halb neun schon da. Und sei pünktlich.“, sagte Alesandro und erhob sich von seinem Stuhl. „Und es darf wirklich absolut nichts schieflaufen! Denk' immer daran: wenn ich Ärger bekomme, dann bekommst ihn auch du!“ Er bezahlte sie, dann verließ er, ohne sich von ihr zu verabschieden, das Lokal.

Julia sah ihm noch hinterher, dann eilte sie zu einer nahe gelegenen Telefonzelle.

Sie wählte eine Nummer. Sie wartete. „Hallo. Ich hab' den Job. Und das Geld.", sagte sie plötzlich. Zwei Minuten später legte sie auf.

♣♣♣

Am nächsten Morgen...

„Du bist zu spät, verflucht noch mal!", fegte Alesandro sie bösartig an, als er die Tür öffnete. „Ich hab' gesagt, um Punkt halb neun!"

„Tut mir leid.", erwiderte sie leise.

Doch Alesandro machte nur eine abfällige Handbewegung. „Sie ist schon wach. Komm' jetzt!", befahl er ihr und ging die Treppen hinauf. Julia folgte ihm.

♣♣♣

Alesandro klopfte an Sofias Tür.

„Lass' mich in Ruhe!", hörte er sie rufen.

Nichtsdestotrotz öffnete er die Tür und trat ein. „Alles Liebe zum Geburtstag. Ich..."

„Hau' ab, Idiot! Ich habe dir nicht erlaubt, mein Zimmer zu betreten Hau' ab..."

„Ich hab' eine kleine Geburtstagsüberraschung für dich... Scarlett ist wieder da.", fiel er ihr ins Wort.

„Scarlett?" Sofia huschte ein Lächeln über die Lippen. „Wo ist sie?"

Alesandro drehte sich um und zog Julia, die immer noch hinter der Tür stand, ins Zimmer hinein.

Sofia sah natürlich sofort, dass es nicht Scarlett war. Doch die Ähnlichkeit zu ihrer ehemaligen Sexsklavin war verblüffend. Sie dachte plötzlich an all die Spielchen zurück, die sie mit ihr gespielt hatte. Dabei wurde sie so furchtbar geil, dass ihre Möse zu tropfen begann. Im Grunde genommen war ihr in diesem Moment völlig egal, dass es nicht ihre geliebte Scarlett war, die ihr Alesandro vorführte. Sie hatte nämlich just in diesem Moment beschlossen, einfach Scarlett aus ihr zu machen. „Wie lange habe ich Zeit?" Sie sah zu ihrem Bruder hinüber.

„Das ganze Wochenende, liebste Sofia..."

„Spar dir das *liebste Sofia* lieber!", fegte sie ihn an. „Geh' jetzt. Und lass mich mit ihr allein... du weißt ja, was du zu tun hast..." Sie lächelte ihn verschmitzt an.

Julia stand nur still da und rührte sich nicht. Sie wartete auf ihren Einsatz und hoffte, das Wochenende würde schnell vergehen. Aus einem ihr unerklärlichen Grund fühlte sie sich in der Nähe dieser Frau sehr unbehaglich. Obwohl sie wunderschön aussah, wurde sie das Gefühl nicht los, dass in der schwarzhaarigen Schönheit ein Teufel steckte.

Alesandro verließ Sofias Schlafzimmer und ließ die beiden Frauen alleine zurück.

„Komm' her, Scarlett! Nicht so schüchtern. Du warst ja sonst auch nicht so schüchtern, wenn du mir meine Fotze oder mein süßes Arschloch mit deiner Zunge gefickt hast." Sie lachte. „Weißt du, was mir jetzt gefallen würde?"

Julia schüttelte den Kopf.

„Wenn du meine Möse mit deiner langen Zunge leckst. Na komm', nicht so schüchtern."

Julia wusste, dass ihre Show schon mit Eintritt in dieses Haus begonnen hatte. Und sie wollte Adriano keinen Grund geben, sich über sie ärgern zu müssen, also begann sie nun, ihre Rolle der Scarlett so gut wie möglich zu spielen. Auch wollte sie nicht unnötig von ihm bestraft werden, würde sie etwas falsch machen. Und sie wusste, er würde es tun, wenn sie nicht gut genug gewesen wäre. „Ganz im Gegenteil, Sofia... ich bin nicht schüchtern." Sie ging auf sie zu, umarmte sie und gab ihr einen leidenschaftlichen Kuss. Während des Kusses zog sie ihr den Rock über die Schenkel und fasste ihr in den Schritt. „Na? Wie fühlt sich das an?" Sie zog den Slip beiseite und schob Sofia ihren Zeigefinger tief in die Möse. Langsam begann sie, sie mit ihrem Finger zu ficken.

♣♣♣

Alesandro verließ das Zimmer, so wie es ihm seine heißgeliebte und zugleich verhasste Schwester befohlen hatte. Er liebte sie und er hasste sie. Er hasste sie dafür, dass sie ihn schon so viele Jahre leiden ließ. Sie zeigte ihm immer so offenherzig, was er niemals besitzen könne. Sie wusste um die Zuneigung und sexuelle Hörigkeit ihres Bruders. Und dieses Wissen nutzte sie von Kindheit an aus. Spielerisch und gekonnt reizte sie ihren Bruder bis zum Wahnsinn. Schon viel hatte er für sie getan. Doch Sofia war unersättlich. Sie forderte viel von ihm. Ihn richtig zu hassen hatte sie jedoch erst begonnen, als Scarlett eines Nachts verschwunden war. Eigentlich konnte er ja nichts dafür, hatte er sich oft gedacht. Und trotzdem hatte sie ihm niemals verziehen, dass Scarlett verschwunden war. Sie warf ihm ständig vor, er habe sie davonlaufen lassen. An manchen Tagen trieb ihn dieser Vorwurf bis an den Rand des Wahnsinns. Eines Nachts war seine Frau mit dem unmöglichen Balg einfach verschwunden. Sofia machte ihm zum Vorwurf, dass er nichts unternommen hatte, um sie zurückzuholen. In ihren Augen wollte Alesandro sie noch nicht einmal suchen. Er hatte sich schließlich noch nicht einmal die Mühe gemacht, ihr ihr Sexspielzeug zurückzubringen. Seit diesem Tag behandelte sie ihn noch schlechter als üblich, demütigte ihn bei jeder Gelegenheit noch mehr, als er es von ihr gewohnt war. Alesandro fühlte sich jedoch unschuldig an dem Verschwinden seiner Frau. Er ließ sich allerlei einfallen, um seine Schwester wieder aufzuheitern, um ihr zu geben, was sie brauchte, wonach sie sich sehnte. Daher war ihm auch vor einigen Tagen die Idee gekommen, eine Hure die Rolle seiner Frau spielen zu lassen. Eine Hure, die sich so um Sofia kümmern würde, wie es Scarlett getan hätte, wenn sie noch hier wäre. Irgendwie hatte er seine Frau beneidet. Sie war Sofia oft sehr nahe gewesen, so nah wie er noch kein einziges Mal in seinem Leben; doch wusste er nur zu genau, dass sie von Sofia innigst geliebt wurde, auch wenn er sie schon oft auf ihren Wunsch hin hatte verprügeln müssen. Er tat alles für Sofia, alles, was sie glücklich machte, nur um ihr Herz zu erobern. Denn er wusste, wenn er Zugang dazu bekommen würde, sie ihm eine sexuelle Welt der Wollust eröffnen würde, von der er heute, wenn überhaupt, nur träumen konnte. Also tat er alles Erdenkliche, um den Schlüssel zu Sofias kaltem Herzen zu finden.

Nachdem er die Tür hinter sich geschlossen hatte, kniete er sich auf den Boden und sah durchs Schlüsselloch. Er war Voyeur aus Leidenschaft. Und schon oft hatte er auf diese Weise seine Schwester dabei beobachtet, wie sie sich von seiner Frau sexuell verwöhnen ließ. Sofia hatte das gewusst und sich oft absichtlich vor dem Schlüsselloch so positioniert, damit ihr Bruder sehen könne, wie sehr sie seine Frau beherrschte, wie sehr sie es liebte, sie zu demütigen, wie sehr es ihr gefiel, sich von ihr ihre Möse lecken zu lassen.

Julia stand noch vor der Tür und verdeckte mit ihrem Körper seine schöne Schwester, so dass er durchs Schlüsselloch noch nicht allzu viel sehen konnte. Doch plötzlich bewegte sie sich auf Sofia zu, umarmte sie und küsste sie wild. Sie zog ihr den Rock über die Beine und berührte sie an der Scham. Die reine Vorstellung, wie sich Sofia wohl anfühlen müsse, machte ihn geil. Sein steifer, harter Schwanz presste sich gegen den Stoff seiner Jeanshose. Die unbefriedigte Geilheit schmerzte ihn zunehmend. Als sich Julia mit Sofia aufs Bett warf, ihr das Kleid vom Körper riss und anfing, ihre Brüste genüsslich zu lecken, zog er sich schleunigst den Reißverschluss herunter, holte seinen Schwanz heraus und rieb die Vorhaut in rasendem Tempo auf und ab. Er war richtig wild. Fest drückte er seine Eichel zwischen seinen Fingern und quälte sie mit den Fingernägeln, weil er unter Schmerzen größere Lust empfand. Er richtete seinen Blick plötzlich zur Decke empor und spritzte seinen Saft gegen die Holztür. Dabei stieß er einen unterdrückten leisen

Schrei aus. Er fühlte sich nun befreit. Langsam rieb er seinen Schwanz und sah abermals durchs Schlüsselloch. Und schon wieder erhitzte der Anblick sein Gemüt.

Julia lag Sofia zu Füßen und leckte deren zarte, liebliche Möse. Sie saugte an den Schamlippen, bohrte ihre lange Zunge immer wieder in Sofias nasses, geiles Loch. Er fühlte, wie sich sein Schwanz wieder aufrichtete. Er musste Sofia sehen; er musste wissen, wie sich das von der Nähe aus anfühlte. Er musste es wagen, ihr Zimmer ohne ihre Aufforderung zu betreten. Sein Herz drohte ihm zu zerspringen und sein Schwanz vor Geilheit zu zerplatzen. Er musste es wagen. Zumindest einen Versuch, dachte er. Er klopfte kurz an und trat ein.

„Raus hier!", schrie sie ihn sofort an.

„Sofia...", stieß er erregt aus. „Sofia... darf ich dir zuschauen? Bitte, schick mich nicht fort. Lass mich nur ganz kurz zuschauen... bitte... ich werde dir auch jeden Wunsch erfüllen... von den Lippen ablesen...", flehte er sie an.

„Du jämmerlicher Idiot! Was glaubst du wohl, könnte ich schon von dir wollen?! Und das, was ich will, kannst du mir eh nicht geben. Also mach', dass du raus kommst!", zischte sie ihn an.

„Ich hol' sie dir zurück... gleich morgen. Ich weiß, wo sie ist. Ich erfüll' dir deinen Wunsch... ich..."

Sofia stieß Julia beiseite. Sie wurde mit einem Mal ernst. „Wo ist sie? Wehe dir, du lügst mich an!"

„In London. Bei Moss."

„Wusste ich's doch! Diese verdammte Schlampe! Verliebt in Pete Moss! O, ich wusste es!" Sie war sehr empört. Sie konnte es nicht fassen, dass ihre Sexsklavin es tatsächlich gewagt hatte, sie wegen einem anderen Mann zu verlassen. Und sie hatte es doch so gut bei ihr gehabt. Und die wenigen Prügel, die sie bezogen hatte, waren ja nicht schlimm, nur gerechtfertigt. Sie hatte es verdient und Sofia hatte sich oft des Nachts an ihren Schreien aufgegeilt. Zumindest war Sofia fest davon überzeugt.

„Ich bringe sie dir wieder zurück... ich verspreche es dir... ich habe auch schon einen Plan... aber bitte, lass' mich doch kurz hier... darf ich bleiben? Bitte..."

„Hör' zu, Alesandro, ich sage es dir nur einmal: Gnade dir Gott, wenn du mich heute belogen hast. *Okay,* ich lass dich jetzt mitmachen, wenn du sie mir wirklich zurückbringst. Ich belohne dich dafür und gebe dir ein kleines Zuckerle. Jetzt schon. Sozusagen als kleine Vorfreude auf das, was dich erwartet, wenn sie wieder hier ist. Aber wenn du mich jetzt angelogen hast, dann wirst du in Zukunft die Hölle auf Erden erleben. Das schwöre ich dir! Ich werde dich und deinen dämlichen Schwanz Tag und Nacht quälen, aber glaube mir, du wirst dabei niemals einen Orgasmus erleben. Meine Rache wird fürchterlich sein, wenn du jetzt gelogen hast. Ich werde dir verbieten, jemals wieder einen Orgasmus zu bekommen. Und glaube mir, ich bekomme alles, was ich will und du wirst alles tun, um bei mir bleiben zu können. Ich erinnere dich an unsere lieben Eltern. Hoffe, sie sind zur Hölle gefahren!... ich mache dich fertig, wenn du mich angelogen hast. Und? Hast du das verstanden?!"

Er nickte aufgeregt mit dem Kopf. „Keine Angst, Sofia, ich habe nicht gelogen." Er wusste, wie gemein Sofia sein konnte. Und er wusste, sie würde ihre Drohungen wahr machen. Und ein Leben lang auf einen Orgasmus zu verzichten, nur um Sofia nicht verlassen zu müssen, hätte er sich sicherlich nicht freiwillig angetan.

Julia war das Gespräch zwischen den beiden unheimlich. Sie fühlte sich mit einem Mal wieder sehr unbehaglich und vergass, dass sie eine Rolle zu spielen hatte. *„Bruder und Schwester?... das sind Geschwister?... die sind doch krank!"* Sie hatte nicht gewusst, dass es Geschwister waren, als sie den Auftrag angenommen hatte. Das hatte irgendwie keiner von beiden erwähnt. Bislang hatte sie noch keinen Auftrag bekommen, sich von einem Geschwisterpaar ficken zu lassen.

Sofia lachte und richtete sich auf. Mit einem Mal fühlte sie sich glücklich! „Gut, ich will dir glauben. Aber hüte dich vor meinem Zorn. Ich werde dich quälen, bis dir vor Geilheit dein Schwanz platzt und ich werde dir verbieten, dir nur ein einziges Mal heimlich einen dabei runterzuholen. Und du weißt, wie sehr es dich geschmerzt hat, als ich dir verboten habe, ganze zwei Wochen nicht ein einziges Mal abzuspritzen, als du mich beim Masturbieren beobachten durftest. Mehr als spielen an deinem Schwanz durftest du nicht. Nicht umsonst habe ich ihn dir abgebunden, als du mich fast beschissen hättest. Das weißt du doch hoffentlich noch... oder?"

Alesandro senkte unterwürfig seinen Kopf und nickte. „Ich tue alles für dich. Das weißt du. Du darfst mit mir machen, was du willst. Du weißt, dass ich dir nicht widersprechen kann... ich liebe dich! Du bist mein Leben."

„Ich weiß das, du Idiot! Du brauchst das nicht ständig zu wiederholen. Davon wird's auch nicht besser." Sie lachte. Sie demütigte ihn für ihr Leben gern. „Na, dann komm' in Gottes Namen ins Bett..." Alesandro zögerte, doch nur für einen kurzen Moment, dann lief er ganz aufgeregt zum Bett und stieg hinein. Er wagte nicht, Sofia zu berühren, aber er wagte es, die Hure in seinem Bett zu berühren. Schließlich hatte er Julia dafür bezahlt, dass er jederzeit die Rolle des Romeo übernehmen konnte. Er packte sie am Haar und zerrte ihren Kopf gegen Sofias Möse. „Leck' sie, du verdammte Schlampe!", rief er ihr zu und presste ihren Kopf fest gegen Sofias Unterleib.

Julia bekam kaum Luft.

Alesandro ließ ihr wieder ein wenig Spielraum. Er stellte sich kniend hinter ihr auf und begutachtete ihren prallen Hintern. „Einen geilen Arsch hast du! Das muss man Adriano schon lassen. Geschmack hat der." Er stieß Julia sein steifes Glied in die enge, nasse Möse und begann sie hart zu stoßen. „Na? Wie gefällt dir das?", stieß er immer wieder erregt aus. Er hatte das Gefühl, er müsse explodieren. *Er dachte die ganze Zeit, o Mann, was für ein Glück hab' ich nur. Julia saugt an Sofias Schamlippen, und ich darf Julia meinen Schwanz in die Fotze schieben. O Mann, ist das geil.*

Er zog sein Glied wieder aus dem Objekt seiner Begierde heraus. Weit zog er Julias Arschbacken auseinander. Er beugte sich über sie und leckte ihr genüsslich über den Schließmuskel. Mit Spucke befeuchtete er seine Schwanzspitze, dann stieß er ihr sein erregtes Glied ins Arschloch. Alesandro war mächtig geil. Er fühlte sich wie im siebten Himmel.

Sofia stöhnte laut und genoss Julias Zunge auf ihren Schamlippen, zwischen ihren Beinen. „Schlag' sie, während sie mich leckt!", befahl sie ihm und spreizte ihre Beine noch weiter auseinander. „Schlag sie! Dann komm' ich dabei am besten. Ich will ihre Schreie hören... die machen mich noch geiler... los! Schlag' sie endlich! Und sei ja nicht zimperlich!"

Alesandro befolgte Sofias Befehl und begann, Julias Hinterteil mit seiner flachen Hand zu bearbeiten. Er schlug richtig fest zu und geilte sich mächtig daran auf, dass seine Schwester vor Lust schrie und die Hure in seinem Bett vor Schmerzen. O ja, langsam bekam er das Gefühl, sie schrie doch nicht nur vor Schmerzen, sondern auch vor Lust. Das musste einfach so sein. Schließlich hatte er ihr eine Menge Geld dafür bezahlt, ihm und seiner Schwester im Bett als Sexspielzeug zu dienen. Egal, was er von ihr forderte, egal, was er von ihr verlangte, sie war gezwungen, sich das ganze Wochenende lang ficken zu lassen. Er zog blitzschnell seinen Schwanz aus Julias Anus heraus. „Leck' meinen Schwanz, du Hure. Und leck' ihn so gut, dass es mir am Ende Spaß machen wird, in deinem und nicht in ihrem Gesicht abzuspritzen. Na, los! Fang' endlich damit an. Er fühlte sich Julia haushoch überlegen und gab die Demütigungen, die er durch Sofia erfahren hatte und täglich aufs Neue erfuhr, einfach an Julia weiter.

Julia gehorchte. Schließlich wurde sie dafür bezahlt. Und sie fürchtete nichts mehr als die Demütigungen und Schläge, die sie durch Adriano täglich erfuhr, wenn sie nicht gehorchte. Er war überzeugt davon, er müsse sie züchtigen, wenn sie nicht parierte. Er hielt die Zügel bei allen seinen Huren kurz. Das wusste sie. Doch sie wollte seine Lieblingshure bleiben, also bemühte sie sich, ihm besser als die anderen zu dienen. Und sie wusste auch, dass er Geld über alles liebte. Und deshalb wollte sie ihm seinen Herzenswunsch immer 100%ig erfüllen, um so seine uneingeschränkte Gunst zu erlangen und diese auch zu behalten. Sie beugte sich also demütig herunter und leckte mit ihrer Zunge über Alesandros Eichel. „Gefällt das deinem geilen Schwanz?", stieß sie lustvoll aus.

„Quatsch' nicht so viel, sondern leck' mir lieber meinen Schwanz! Komm', quäl' ihn ein bisschen mit deinen Beißerchen.", fegte er sie an.

Julia hörte auf zu lächeln und befolgte gehorsam seine Anweisung. Mit den Zähnen zwickte sie sacht in seine Vorhaut. Ihre Zungenspitze bohrte sie immer wieder in seine kleine Öffnung. Und dann ließ sie das geile, große Stück völlig in ihrem Mund verschwinden. „Ja, fick' meinen Schwanz mit deinem Mund! *Guuuut* machst du das...", stöhnte Alesandro und sah Sofia dabei liebevoll in die Augen. Er stellte sich einfach vor, es wäre sie, die ihm so zärtlich und liebevoll seinen Schwanz leckte. Er streckte die Hand nach ihr aus und dennoch wagte er es nicht, ihre Haut zu berühren. Er wusste, er durfte das noch nicht. Es wäre erst dann so weit, wenn er sie ihr zurückbringen würde. Er wusste um die Gefühle zu ihrer Sexsklavin. Also hatte er vor geraumer Zeit begonnen, nach Scarlett zu suchen. Und an dem Tag, als er sie gefunden hatte, war er sich sicher, er könne das Blatt wenden. Er wusste ganz genau, womit er Sofia glücklich machen könne. Und dass er heute in ihrem Bett lag, um den besten Dreier seines Lebens erleben zu können, verdankte er nur seinem Vorhaben, ihr ihre heißgeliebte Scarlett wieder zurückzubringen.

♣♣♣

Sofia lag ausgestreckt auf der Couch und schlief. Ihre Brust bewegte sich langsam auf und ab. Sie hatte einen ruhigen Atem.

Alesandro betrat leise das Wohnzimmer. Er ging auf sie zu und kniete sich vor ihr nieder. *„Du siehst aus wie ein schlafender Engel.“*, dachte er. „Sofia", rief er ihr leise zu und streichelte zärtlich über ihr Haar.

Sofia schlug die Augen auf. Sie lächelte. „Du holst sie jetzt?"

Alesandro nickte. „Darf ich dich anfassen?"

„Nein! Geh' jetzt endlich.", sagte sie in einem bissigen Ton. Doch plötzlich schwenkte sie um und sagte in einem honigsüßen, lieblichen Ton: „Hol' sie mir wieder zurück und vielleicht erlaube ich es dir dann." Sie stupste ihn von sich und lachte. Alesandro fiel rücklings auf den Boden.

Die Tatsache, dass ihn Sofia nicht an ihren Brüsten saugen ließ, bevor er ihr ihren Herzenswunsch erfüllt hätte, ärgerte ihn maßlos. Aber er schwieg. Er wollte ihr nicht zeigen, dass es ihm wehtat. Außerdem wagte er es auch nicht, ihr zu widersprechen. Also erhob er sich, ohne zu murren. „Nun gut, dann geh' ich jetzt. Ich hoffe, du hältst dich an das, was du mir versprochen hast, wenn ich sie dir wiederbringe."

„Natürlich, geliebter Bruder." Sie lächelte ihm zu, doch er merkte nicht, dass es nur ein affektiertes Lächeln war. Sie hasste ihn. Aber sie liebte seine Unterwürfigkeit. Und ihn zu demütigen, war für sie ebenfalls eine sexuelle Erfüllung.

„Wo ist Julia?", fragte er leise.

„Oben."

„Du hast sie also immer noch nicht losgebunden?"

„Niemand nennt mich ungestraft eine dumme Schlampe. Und erst wenn sie sich entschuldigt hat, binde ich sie wieder los. Sie muss lernen zu gehorchen."

„Du weißt aber schon, dass ich sie nur fürs Wochenende bezahlt habe."

„Dann bezahlst du ihren Zuhälter eben dafür, dass ich sie noch ein paar Wochen länger behalten darf. Er wird auf das Geld nicht verzichten. Das tut kein Zuhälter. Er wäre der erste. Und ich glaube nicht, dass er so dumm ist."

„Und wie lange willst du sie behalten?"

„Weiß ich noch nicht. Gib ihm so viel, dass es ihm egal sein wird, wie lange ich sie behalte. Hast du mich verstanden?"

Alesandro nickte. Er wusste, es machte keinen Sinn, ihr zu widersprechen. Also würde er sich bemühen, Adriano Julia einfach abzukaufen. Er wusste, dass Sofia Gefallen an seinem Sexspielzeug gefunden hatte, sonst hätte sie sich nicht die Mühe gemacht, sie erziehen zu wollen. Da Sofia aber das erste Mal seit Scarletts Abwesenheit wieder zufrieden war, wollte er ihr das Glück, dass sie in diesem Moment fühlte, nicht nehmen. Und jeder war käuflich. Und er kannte Adriano. Er hatte ihm vor zwei Monaten auch schon ein Mädchen überlassen. Daher wusste er, wenn Julia seiner Schwester zusagte, er sie wohl auch bei ihm auslösen müsse. „In Ordnung, Sofia. Du sollst haben, was du willst. Ich geh' gleich zu ihm. Anschließend hole ich Scarlett. Ich bringe sie dir zurück... aber bitte, lass' mich nur ein einziges Mal deine Brüste küssen, bevor ich gehen muss."

Sofia war ein richtiges Miststück. Deshalb zog sie sich ihren Rock lustvoll über die Schenkel und spreizte ihre Beine weit auseinander. Den Slip hielt sie mit der Hand beiseite. „Leck' meine Fotze! Aber fass' dich ja nicht an! Ich verbiete es dir! Hörst du?!"

Alesandros Herz schlug mit einem Mal höher. O *Gott, wie ich dich liebe, du Miststück* dachte er und warf sich auf die Knie. Ohne sich an seinem Schwanz zu berühren, leckte er Sofia über ihre Schamlippen, die vor Geilheit dick angeschwollen waren. Er saugte an ihrer Möse, als wäre er ein ausgehungertes, wildes Tier. Ihr Geilheitssaft schmeckte so gut. Er fühlte sich einer Ohnmacht nahe. Wie in Trance leckte er seine Schwester in rasendem Tempo bis zum Orgasmus. Als er sich berühren wollte, stieß sie ihn von sich. „Ich habe dir verboten, dich am Schwanz zu reiben!"

„Es tut mir leid... bitte... ich fass' mich auch nicht mehr an... ich schwör's dir... aber bitte... bitte, lass mich noch mal an deiner lieblichen Möse saugen. Du schmeckst so gut..."

„Nichts da! Strafe muss sein. Das solltest du wissen, du Schwachkopf! Hau' jetzt endlich ab und bring mir Scarlett zurück. Vorher lass ich dich nicht mehr an meiner Fotze saugen!"

Alesandro sah ihr bittend in die Augen. Er war so geil, dass er das Gefühl hatte, sein Penis müsse ihm zerspringen. „Bitte.", sagte er leise. „Nur eine klitzekleine Minute noch."

Doch Sofia zeigte kein Erbarmen. „Geh' endlich!", schrie sie ihn an und zog sich den Rock wieder über die Beine.

Alesandro zuckte zusammen und erhob sich blitzschnell vom Boden. „Ich tue alles, alles was du willst, geliebte Sofia... und wenn ich wiederkomme, freue ich mich schon darauf, wenn du mir erlaubst, an deiner süßen Fotze zu saugen.", sagte er demütig. Dann drehte er sich um und verließ das Zimmer. Er machte sich auf den Weg nach London.

Sofia blieb liegen und schloss die Augen. Sie dachte an Scarlett. Sie dachte daran, wie sie ihr am letzten Abend mit ihrer Zunge zärtlich über die Schamlippen geleckt hatte, sie dachte daran, wie sie ihr die Zunge tief in ihre Möse eingeführt hatte und sie dachte auch daran, wie sie ihre Fotze mit dem Finger gefickt hatte und ihr kleines Arschloch mit dem Analplug, ihrem blauen Lieblingsspielzeug. Auch dachte sie daran, wie ihr Scarlett ihren schönen, großen Gummischwanz tief in die Möse geschoben hatte, um ihr die Lust zu bereiten, die sie mit einem Mann erlebt hätte, würde sie sich von einem anfassen lassen. Sie liebte an Männern nur ihre harten, großen Schwänze. Ansonsten konnte sie sie nicht ausstehen.

Während sie an ihre Scarlett dachte, wurde sie wieder furchtbar nass. Die Geilheit überkam sie erneut. Sie war mächtig geil auf ihre entflohene Sexsklavin und schon fast ein halbes Jahr hatte sie sie nicht mehr gesehen, weder ihre Zunge auf ihrer Möse gespürt noch auf ihrem Arschloch. Sie hatte Alesandro niemals verziehen, dass er sie hatte fliehen lassen. Die ganze Schuld gab sie nur ihm. Langsam fuhr sie sich mit ihrer Hand unter den Rock. Sie zog ihn sich über die Beine. Sie hob ihren Hintern ein wenig an und zog sich den Slip von den Beinen. Langsam begann sie sich zu streicheln. Sie strich sich über ihre Schamlippen. Die Nässe ihrer unbändigen Wollust machte sie noch schärfer und sie massierte sich immer heftiger ihre rasierte Möse. Mit den Gedanken war sie bei Scarlett, bei ihr und ihrer göttlichen Zunge, die sie schon so oft befriedigt hatte. Sofia wollte mehr, mehr als nur von ihrer eigenen Hand befriedigt werden.

Sie erhob sich und eilte ins Schlafzimmer hinauf. Dort holte sie sich ihren Gummischwanz und den Analplug aus der Kommode. Sie sprang ins Bett und knöpfte sich ihre Bluse auf. Julia beachtete sie nicht im Geringsten. Auf ihr Flehen und Bitten ging sie nicht ein. Zärtlich strich sie sich über ihre prallen Brüste. Sie kniff sich in die Nippel und setzte sich auf den Gummischwanz, bis er tief in sie eindrang. Gleichzeitig befeuchtete sie ihr Arschloch und die Spitze des Analplugs mit Spucke und schob sich das blaue Lustobjekt tief in den Anus, während sie mit dem Gummischwanz die Möse bearbeitete. „Ja, fick mich... o ja, dein Schwanz ist geil... hart und groß... ja, stoß ihn mir fester hinein...", stieß sie erregt aus und schob sich den Gummischwanz noch tiefer in die Möse.

Doch irgendwie befriedigte sie das alles nicht. Sie sah auf Julia herab, aber irgendwie hatte sie keine Lust auf sie. Ihr neues Sexobjekt wollte sie sich für den Abend aufsparen.

Also entschloss sie sich kurzerhand für den *Club der Lüste*. Sie zog sich ihre Sexspielzeuge wieder aus ihren engen, feuchten Löchern und zog sich geschwind an. Sie machte sich geradewegs auf den Weg dorthin, um sich endlich die Befriedigung zu holen, die sie dringendst brauchte. Schließlich wusste sie, dass es sicherlich noch ein paar Tage dauern würde, bis ihre *Sexsklavin Scarlett* sie wieder bediente. „Bis bald, mein kleiner, geiler Engel. Ich kümmere mich später um deine Fotze... aber erst, wenn du dich bei mir entschuldigt hast!", rief sie Julia von der Treppe aus noch zu, anschließend verließ sie das Haus, um ihre sexuellen Gelüste zu befriedigen.

♣♣♣

Auf der Autobahn

Alesandro war schon ein paar Stunden mit dem Wagen unterwegs. Er fühlte, dass er müde wurde. Er brauchte dringend eine Pause.

Er nahm die nächste Ausfahrt und fuhr auf einen abgelegenen Parkplatz. Es dämmerte schon. Kein anderer Wagen befand sich auf dem Parkplatz. Er stieg aus und vertrat sich die Beine. Es dauerte keine zwei Minuten und er war nicht mehr allein.

Ein dicker Mercedes fuhr mit rasender Geschwindigkeit auf den Parkplatz, bremste scharf und hielt direkt neben seinem Wagen. So wie es aussah, hatte sich derjenige im letzten Moment dazu entschlossen, in die Parkbucht hineinzufahren. Eine Frau mittleren Alters stieg aus, fluchte laut vor sich hin und ging eilig auf ihn zu. „Mein Mann ist das größte Schwein auf Erden!", schrie sie. „Er fickt seine Sekretärin und mir erzählt er laufend, er müsse Überstunden machen. Und das schon seit einem halben Jahr... Überstunden! Verstehst du?! Ich hasse ihn!"

Alesandro sah sie verwundert an. *„Was will die Hippiebraut von mir?"*, dachte er. Die Frau sah nicht nur crazy aus, sie schien auch ziemlich eine an der Waffel zu haben, dachte er sich. *„Was geht es mich an, wen dein Macker fickt! Hab' selbst genug Probleme... bin rattenscharf und komm' seit heute Morgen nicht zum Zug!"*, dachte er verärgert. „Ach, tatsächlich?", sagte er und sah abfällig zur Seite.

Die Frau bemerkte Alesandros abfälligen Blick jedoch nicht und schwaffelte munter drauf los. „Ich habe ihm geschworen, dass ich mit dem Erstbesten ficke, dem ich heute über den Weg laufe." Sie holte tief Luft. „Und so wie's aussieht, bist das du... hab' dich gerade noch rechtzeitig genug gesehen. Wäre beinahe noch an dir vorbeigefahren. Na und du siehst mir genauso aus, als hättest du nichts gegen einen schnellen, guten Fick... und? Lust zum Ficken?"

Alesandro konnte sein Glück kaum fassen. War wohl doch nicht so verkehrt, dass er hier gehalten hatte, kam ihm sofort in den Sinn. Sein Schwanz schmerzte schon, seit er das Haus verlassen hatte. Er war so geil auf Sofia, aber sie hatte ihn einfach nicht befriedigen wollen, bevor er gegangen war. So spitz, wie er war, hatte sie ihn gehen lassen. Sie hatte ihm auch verboten, sich während seiner Fahrt nach London einen herunterzuholen. *„Wehe, du holst dir einen runter!"*, hatte sie gesagt. *„Ich erfahre alles. Das weißt du. Ich will, dass du erst wieder abspritzt, wenn sie wieder da ist! Hast du das kapiert, du dämlicher Idiot!?"* Da er sich strikt an Sofias Anweisungen hielt, fühlte er sich nun mehr als nur unbefriedigt. Somit kam ihm das Angebot der Fremden nicht ungelegen, um endlich seinen aufgestauten Samen abspritzen zu können, bevor ihm der Schwanz platzte. *„Sie hat ja nur gesagt, dass ich's selber nicht machen darf... aber sie hat kein Wort darüber verloren, dass ich eine andere Frau, die mir zufällig auf dem Parkplatz über den Weg läuft, nicht ficken dürfe... also, Alesandro, sehe ich kein Problem darin, wenn du eine kleine Fickpause einlegst. Sie kann dich* *ja nicht für etwas bestrafen, was sie dir nicht verboten hat...",* dachte er sich just in diesem Moment. „Klar.", erwiderte er voller Vorfreude, sich endlich entladen zu dürfen. „Komm', lass' uns zu meinem Wagen gehen."

Beide gingen rasch zum Wagen zurück. Die Fremde zog sich ihren Rock über die Schenkel. Darunter trug sie lediglich weiße Strapse. Einen Slip trug sie nicht. Sie stützte sich mit beiden Händen auf der Motorhaube ab und spreizte die Beine. Lustvoll hielt sie ihm ihren Hintern entgegen. „Dann fick' mir jetzt die Seele aus dem Leib, Fremder. Und reib' mir meine Fotze wund. Er soll es sehen können, wenn ich sie ihm abends unter die Nase reibe. Und er soll deinen Saft schlucken, wenn ich ihn aus meiner Möse in seinen Mund presse."

Alesandro ließ sich nicht lange bitten. Er stellte sich hinter sie, zog sich seine Hosen herunter und stieß ihr seinen steifen Schwanz in die Möse. Schnell und hart begann er sie nun zu stoßen. Die Frau stöhnte und schrie ihm zu, er solle sie noch fester, noch härter, noch schneller ficken.

Alesandro beugte sich zu ihr herunter und flüsterte ihr ins Ohr: „Darf ich dein Arschloch ficken?" Er stellte sich bildlich vor, es sei seine Sofia, die er gerade auf der Motorhaube mit seiner Männlichkeit beglückte. Mehr als in seinen Vorstellungen hatte er bis dato eh noch nicht erreicht. Vorgestellt hatte er es sich jedoch schon öfters. Und mit seiner lebendigen Fantasie und enormen Vorstellungskraft sah die Fremde sogar seiner Sofia von hinten immer ähnlicher, je länger er sie ansah.

„Fick' alle meine Löcher. Aus allen soll dein Saft herauslaufen. Er soll es sehen, er soll es schmecken, er soll es riechen können..." Sie stöhnte. „Ich hasse ihn! Das Schwein soll sehen, dass ich es noch besser kann als er... ja... hör' nicht auf... stoß ihn mir richtig fest rein, bevor du mein Arschloch fickst..."

Alesandro rammelte die Fremde wie ein geiler Bock, doch plötzlich zog er seinen Schwanz heraus und stieß ihn der Fremden tief in den Anus hinein. O ja, das gefiel ihm. Der Schließmuskel war sehr eng und umschloss sein hartes Glied kräftig; das erregte ihn sehr.

„Dein Schwanz ist so hart, so groß, so geil. Du fickst wie ein junger Gott! Ja... stoß ihn mir rein. Fester... schneller..." Sie spreizte ihre Beine noch weiter.

Alesandro begann, sie nun noch härter, noch fester, noch feuriger zu stoßen.

Er drückte ihren Körper ganz fest auf die Motorhaube.

Mit beiden Händen befühlte er ihre Brüste.

Dabei dachte er an seine geliebte Sofia. „Ich komm' gleich...", stieß er laut aus. Als er sich in ihr ergossen hatte, zog er seinen Schwanz wieder aus ihrem Arsch. Die Frau drehte sich rasch um, kniete sich vor ihm nieder und nahm seinen Schwanz in den Mund. Sie saugte noch den letzten Tropfen aus ihm heraus. Als nichts mehr zu holen war, leckte sie ihm genüsslich über die Eichel, dann erhob sie sich. „Dein Schwanz ist echt geil, Fremder." Sie lachte und zog sich ihren Rock wieder über die Beine. Er hatte nicht bemerkt, dass im Wagen ein Mann versteckt war, der unbemerkt eine versteckte Kamera mitlaufen ließ, um diesen Parkplatzfick zu filmen und anschließend teuer an einen Produzenten von pornografischen Filmen zu verkaufen. Dass sich die Frau an ihrem Ehemann rächen wollte, war für die beiden nichts weiter als nur ein Vorwand, eine Lüge, um mühelos den Fremden auf dem verlassenen, einsamen Parkplatz zu dieser sexuellen Handlung zu bewegen. „Ich fahr' jetzt wieder.", rief sie Alesandro zu.

„Willst du mir nicht wenigstens sagen, wie du heißt?" Er sah sie fragend an und zog den Reißverschluss seiner Hose hoch.

„Wieso? Willst du's in dein Tagebuch schreiben?"

„Klar. In mein Tagebuch. Wieso bin ich da nicht von selbst drauf gekommen.", sagte er ironisch.

„Schreib' einfach rein: habe heute *Blue Velvet* gefickt.", sagte sie nur und lachte. Sie wandte sich von ihm ab, hastete zum Wagen, stieg ein und fuhr mit quietschenden Reifen davon.

Alesandro sah ihr noch so lange hinterher, bis sie aus seinem Blickfeld verschwand. „Dumme Schlampe...", murmelte er vor sich hin.

♣♣♣

„Den dort nehmen wir! Bieg' ab!", befahl er Blue Velvet.

Sie stieg auf die Bremse und lenkte den Wagen auf den Parkplatz. Mit quietschenden Reifen hielt sie neben dem Wagen des fremden Mannes, der sich auf dem Parkplatz die Füße zu vertreten schien.

„Du weißt, was du zu tun hast?", sagte er aus seinem Versteck heraus.

„Klar!", antwortete sie und stieg aus.

Er schaltete die Kamera ein und lugte aus seinem Versteck hervor.

Blue Velvet ging auf den Fremden zu, kurz darauf gingen beide zum Wagen.

Als er sah, dass sie sich den Rock über die Beine zog, um sich ficken zu lassen, zog er sich den Reißverschluss herunter und rieb sich an seinem steifen Glied, bis er abspritzen musste.

Nichts machte ihn mehr an als zu beobachten, wie sich Blue Velvet von fremden Männern auf einsamen Parkplätzen ficken ließ.

Aber das Beste daran war, er konnte diese Real-Pornos immer für teures Geld an einen Produzenten von pornografischen Filmen verkaufen.

Vorschau

Darja Behnsch

Süße Beute

Erotische Geschichten

ISBN 13: 978-3-8391-0010-3

(... wird voraussichtlich im September 2009 veröffentlicht...)

Black Angel ist der erste Roman von Darja Behnsch.

Mariposa ist der zweite Roman von Darja Behnsch.

Des Engels Hure ist der dritte Roman von Darja Behnsch

Somnophilie ist der voraussichtliche Titel des vierten Romans.

Ankündigung: es werden in 2009/2010 weitere erotische Geschichten veröffentlicht!

Neu!

Darja Behnsch

Voyeur aus Leidenschaft

Erotische Geschichten

ISBN 13: 978-3-8370-3815-6 (… wurde im April/Mai 2009 veröffentlicht…)

Black Angel **ist der erste Roman von Darja Behnsch.**

Mariposa **ist der zweite Roman von Darja Behnsch.**

Des Engels Hure **ist der dritte Roman von Darja Behnsch**

Somnophilie ist der voraussichtliche Titel des vierten Romans.

Ankündigung: es werden in 2009/2010 weitere erotische Geschichten veröffentlicht!

Verführe mich!

Bereits veröffentlicht:

Darja Behnsch

Black Angel 1. Erotischer Thriller

ISBN 13: 978-3-8370-0042-9

Black Angel 2. Erotischer Thriller

ISBN 13: 978-3-8370-0043-6

Mariposa. Erotischer Thriller

ISBN 13: 978-3-8370-1094-7

Bella Donna (Single)

ISBN 13: 978-3-8370-1666-6

Des Engels Hure. Erotischer Roman

ISBN 13: 978-3-8370-7137-5

Verführe mich! Erotische Geschichten

ISBN 13: 978-3-8370-3813-2

Voyeur aus Leidenschaft. Erotische Geschichten

ISBN 13: 978-3-8370-3815-6